# 極小農園日記

荻原浩

毎日文庫

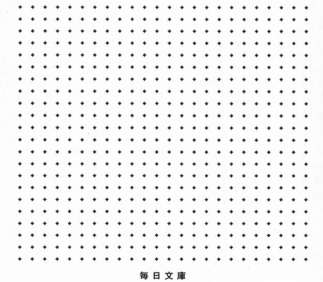

# 極小農園日記　目次

## 1章　極小農園日記　Part1〈秋冬編〉



## 2章　極狭旅ノート

## 3章　極私的日常スケッチ

## 4章　極小農園日記　Part 2〈春夏編〉

# 1章　極小農園日記　Part1〈秋冬編〉

「毎日新聞」２００８年10月３日
～２００９年３月27日（隔週金曜日）

# ジャガイモ小僧の芽生え

趣味はなんですか、と聞かれた時の僕はいつも歯切れが悪い。

「うーん」とか「えーと」とか、とりあえず言葉を濁す。相手から「特になしですね」と返されると、本当は喋《しゃべ》りたくてうずうずしているから、「いやいやいや」と首を横に振って、特殊な性癖をカミングアウトするようにおずおずとこう言う。

「家で野菜をつくることです」

ガーデニングと言えば話が早いのだろうが、そんなシャレた横文字、オッサンとしては口にしづらい。自宅に庭があることを自慢しているみたいで気が引ける。第一、僕が入れ込んでいるのは、先日、春咲きのスイートピーの種をまきましたのよ、ほほほ、なんてものじゃなくて、あくまでも「野菜」。キュウリやナスやニンジンを育てることだ。

歯切れが悪いのは、かっこ悪いからかもしれない。「趣味はサーフィンさ」と日に焼けた顔から白い歯をこぼしたり、「音楽ぐらいかな」と謙遜しつつ「今度、ライブやるんで見に来てください」なんて答えられたら、どんなにいいだろう。「今度、ダイコンの肥料やりをするんで見に来てください」って言ってもね。誰も来ないからね。

ここ数年、世間の風向きが変わって、どこの本屋さんでも、あの手この手の「家庭菜園の本」が入手できるようになった。ホームセンターには、季節ごとに数々の「家庭菜園用」の苗や種が並ぶ。ひと昔前は、街中の庭を耕して、畝《うね》なんぞをつくっている人間は、家族やご近所さんに変人扱いされたものなのに。

だから、冒頭の相手に、「つまり、家庭菜園ってことですね」と問い直されると、これはこれで「いやいやいやいや」。ブームに乗っかってる人間みたいでなんだか嫌だ。面倒臭いヤツですね、我ながら。

僕が野菜づくりに目覚めたのは、小学生の時だ。この頃はジャガイモひと筋。毎年、春になると、庭を掘り返して、種イモを植えていた。実家は埼玉のサラリーマン家庭で、近所に農家があったわけでもないのに、なぜ、そうした行為を繰り返していたのかは自分でも謎だ。

どこで覚えたのか、植え方はこうだ。①台所から母親の目を盗んでジャガイモをくすねる。②半分に切る。③切り口に灰をつける。④切り口を下にして、地中に種イモ2、3個分の深さに埋める。

いまでも覚えている。今日か明日かと芽が出るのを待つ高揚。芽が出てきた時の感動。ぐんぐん育つ茎と葉へふくらむ期待。イモにも花が咲くことの驚き。そろそろ掘り出そうか、いやいやもう少し、という時期の、むずむずするようなときめき。

たった半個のイモが土に埋めておくだけで、五倍、十倍になる。魔法に思えた。頭の中ではカレーライスに換算して何十皿分ものジャガイモが育っていた。

とはいえ、収穫に関しては毎年、裏切られてばかりだった。三、四カ月、待って待って、ようやく掘り出しても、たいてい根っこのコブみたいなのしか採れなかった。ゴルフボール大に育てば成功の部類。

ジャガイモ小僧は、年を重ね、ジャガイモの育ち具合より鏡の中のニキビやら髪形の具合のほうが気がかりになり、ジャガイモの花を見るより週刊プレイボーイのヌードグラビアを眺めるほうが楽しいことに気づいて、いつしかジャガイモを忘れていった――

それから幾星霜《いくせいそう》。僕の野菜づくり熱が再燃したのは、会社を辞め、フリーのコピーライターとして独立した三十代半ばだ。

自由業は案外に不自由なのだが、時間に関しては確かに自由だった。独立するのが長年の夢だった僕は、それを達成してしまい、燃え尽き症候群に陥ってもいた。自分を燃やせる、新たな可能性はないものかと周囲を見まわすと、すぐ目の前にあったんですね。真っ白——じゃない、真っ茶色のキャンバスが。

結婚してから僕はずっと都内のはずれの一戸建てに住んでいる。いちおう庭もある。奥さんの実家だ。

なにせマスオさん。そうそう勝手なことはできない。最初は、隅っこでこそこそとハツカダイコンを植える程度だったのだが、その後、義母が高齢になり（義父は昔に亡くなっている）、庭仕事を僕が引き受けるようになってから、じわじわ農地を増やしていった。

現在、けっして日当たりが良くない狭い庭の、そのまた一部である総面積約4平方メートルの農地——ひらたく言うと畳二畳半ぐらいですね——で、せこせこと野菜づくりに勤《いそ》しんでいる。

なぜ、花ではなく樹木でもなく、野菜なのか、と聞かれたら、たぶん、こう答えるだろう。

いま思えば
肥料も水も
あげてなかった…

「実利があるから」

野菜は眺めるだけでなく、食べることができる。結果が文字どおり成果になるのが楽しい。小さな種をひと粒（あるいは苗を一株）植えただけで、それが五倍、十倍、ときには百倍になるお得感が嬉しい。

利がないと動かない。そういう人間なんですね、僕はきっと。ジャガイモ小僧だった昔から。

風情より収穫。本当の農家の人や本格的な菜園を持つ人は笑うだろうが、気持ちだけは農園経営者のつもりだ。長雨を案じ、台風を恐れ、折々の気温に一喜一憂する。そうした日々を過ごすうち、人生や世の成り立ちのなにがしかに気づくこともある。

と、力んだところで紙面が尽きてしまった。続きは来々週。期待しないでね。

２００８年10月３日

# 根菜はある日突然に

あらかじめお断りしておきますが、この小文は、折々の野菜の生育状況や、収穫の様子などを克明に、なおかつ現在進行形で報告する類のものではございません。めっそうもないことであります。

タイトルに「日記」とつけてしまったから、そうしたものなら読んでやろうかと考えた人がいるやもしれないので、とりあえずへりくだってみた。なぜ、ちゃんとした日記にしないのか、と問われたら、そりゃあ、アナタ、無い袖は振れんちゅうことですわ。

なにせ極小なもんで、作物の種類が少なすぎるのだ。しかもこれから迎える冬場は、言わずと知れた農閑期。うちの庭でいま（10月上旬現在）育てているのは、撤退間近の秋ナス。夏の終わりに種をまいたダイコン。秋の初めにまいたカブ。それだけ。

年内の種まきの予定は、10月中旬のソラマメ。12月予定のニンジン。そのくらいだ。

だいたいが根菜類。この連載は半年間、12回の予定だが、1回に一種ずつのことを書いてしまったら、5回で終了してしまう。

ね。

ね、と言われてもね、だろうが、こちらとしては、夏場のキュウリやトマト、秋ナスじゃないナスのことも語りたい。秋ナスは嫁に食わすななどと言うけれど、ナスの旬はやっぱり夏だ。秋は育ちが悪いし、硬くなるわ、変形するわで、しまいには、嫁(うちの奥さん)も食わなくなる。

第一、地味ですよ、根菜。ずーっと地面の下ですもの。上は葉っぱだけ。下手なところに種をまいたら、出てきた芽は雑草と間違われて、嫁に引っこ抜かれてしまう。まぁ、これはこれで、育てている僕としてはいとおしくて、ああ、葉っぱが一枚増えたとか、ああ、虫に食われてしまったとか、わずかな変化に一喜一憂しているのだが、読む人には面白くないでしょ、葉っぱ。

キュウリやトマトは、実が日に日に大きくなる。キュウリなどは大げさでなく、まだいいかと思って一日放っておくと、翌日はへちまになる。

同じ根菜でも、ジャガイモには、茎がぐんと伸びたり、花が咲いたりする楽しみがあるが、ダイコンやカブ、ニンジンの収穫は花が咲く前。

根菜は基本的に、日々の成長を楽しむのには向いていないのだ。最近は、八百屋さんも売る前に捨ててしまうことが多い、あの葉っぱだけをひたすら眺める日々が続く。どこで何をしているのやら、と都会に出たまま音信不通の子どもにやきもきさせられる気分だ。どこで、って土の中に決まってるんですけど。

そのくせダイコンなどは、ある日いきなり地面から、ぬっと顔を出す。ダイコン畑で杭《くい》みたいに土から飛び出している姿、ご存じですよね。あれです。あれはもう生育の終盤。

いままで何をしてたんだい、電話のひとつも寄こさないで。父さんも母さんもそりゃあ心配したんだよ、この親不孝者、と文句のひとつも言いたくなる。しかも姿を現すのは、上半身のみ。グラビア写真で言えば、乳首はNG。んもう、じれったい。

それでも、せっせと根菜類の種をまいてしまうのは、一発勝負のギャンブルの楽しさがあるからだろうか。掘ってみないと、結果がわからない。数カ月間の栽培の成否が一瞬にして決まる。競艇ファンには（僕はやりませんけど）たまりません。

そもそも素人の野菜づくりは根菜にかぎらず、どんな作物であれ、ある程度ギャンブルだ。じつは現在進行形にしたくない、もっと大きな理由は、そこにある。

僕はしばしば小説の資料探しよりも熱心に、ネット上の野菜づくりや園芸のサイトをチェックするのだが、たまに個人の写真入りブログに、こんな感じのものがある。

○月×日　ベビーキャロットに初チャレンジです。今日、ポットに種をまきました。楽しみー。
□月×日　芽がでました♡　種から育てるとカワイサもひとしお。みなさんも試してみては?
□月×日　あれあれ、育ちがイマイチ。ちょっと心配デス。
□月×日　6鉢のうち、3鉢は元気。みんな、ガンバレー。
△月×日　2鉢の様子。
△月×日　残1

で、ある日を境に更新がなくなる。ようするに、はりきってレポートを始めたのはいいけれど、失敗してしまったんですね。

そう、家庭菜園をリアルタイムでレポートするのは、大変危険だ。虫や病気の発生で、あれよあれよという間に全滅してしまうことは日常茶飯だし、雨不足で枯れてしまうことも、降りすぎでダメになることもある。台風も怖い。

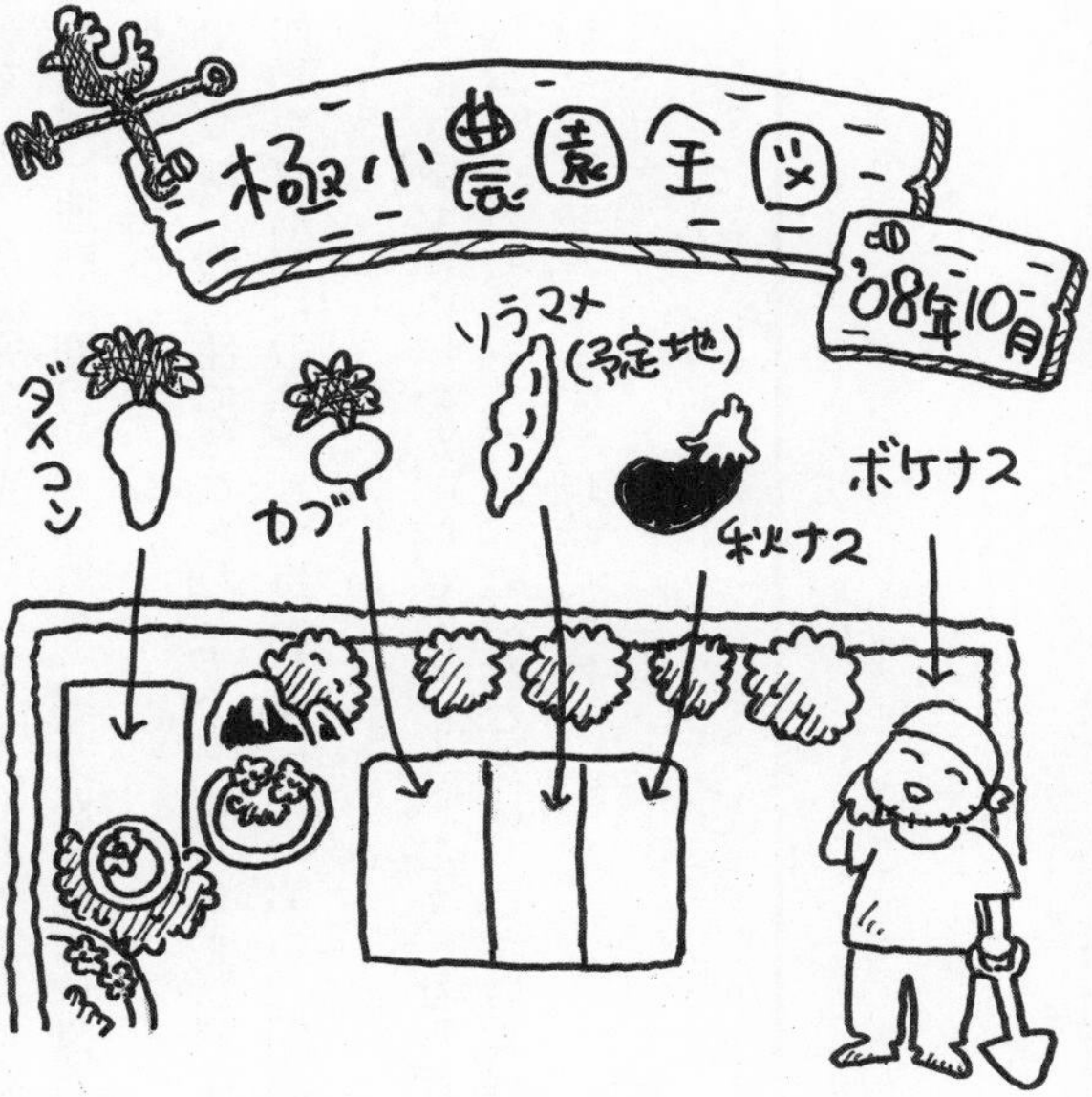
極小農園全図
'08年10月
ダイコン
カブ
ソラマメ
(予定地)
秋ナス
ボケナス

もし、この連載を『極小農園完全ドキュメント２００８』なんていうタイトルで、気合を入れて開始して、連載2回目で、出てきた双葉が全部虫に食われてしまったら……ああ、考えるだに、恐ろしい。

だから、この小文では、即時性にはこだわらず、とりあえず順調な作物、過去に良い成果があった作物を重点的に取り上げて自慢したい——ああ、間違えた、報告したい。

それって、事実の隠蔽《いんぺい》ではないのか、改ざんではないのか、社保庁か、お前は、という声がどこからか聞こえてきそうだが、そんなことは、ございません。適切に処理しているとの報告を受けております。現時点では。

２００８年10月17日

# 種まきというより豆まき

10月はソラマメの季節だ。世間一般では、ソラマメといえば5月あたり、初夏の風物詩になるのだろうが、極小農園主としては、10月。それも中旬から下旬にかけて。僕の住む地域では、この時期がソラマメの種まき時なのだ。早すぎても遅すぎてもだめ。

ソラマメはほぼ毎年育てている。採れたてを茹《ゆ》で、つまみにして、ビールをぷはっとやるためだ。おいしいですよ、ソラマメとビール。

庭でつくった野菜はもちろん自分で食べているが、調理らしい調理もせずに、ビールをぷはっとできるものは案外に少ない。

うちの場合、ソラマメを除けばキュウリぐらいか。収穫したばかりのキュウリはイボイボの先に、触ると痛いほどのトゲが生えている。魚のうろこを落とすように軽く洗ってトゲを払い、スティック状に切り、味噌をつけて（お好みによってはマヨネーズで）ぱくり。で、ぷはっ。おいしいですよ、キュウリとビール。

キュウリは収穫開始当初の二、三本目までは、生育途上の株を弱らせないために実の小さいうちに採る。僕は長さと太さが三色ボールペンぐらいの時に採って、丸ごと味噌をつけて、ぷは、をします。うまいです。味噌は八丁味噌も悪くはないが、ここはやっぱりシンプルな赤味噌で――

ああ、いかん。キュウリじゃなくてソラマメの話だっけ。

というわけで、10月はソラマメの季節。今年も種をまきました。僕は毎回「一寸ソラマメ」という品種をまく。豆の大きさが一寸、約3センチの大粒種だ。小粒のもののほうが育てやすいのかもしれない。しかし敢えて艱難《かんなん》に挑むのが漢《おとこ》の生きる道だと私は考えている――というのは真っ赤っかな嘘で、どうせ育てるなら大きい方がおトク、というさもしい根性からだ。

マメ類の場合、種というのは、とりもなおさず豆のことだ。市販されている種袋を開けると、乾燥したソラマメがころころ出てくる。この時点ですでに乾き物のおつまみのようだ。ただし消毒用の薬品のせいなのか、誤食しないようにという警告なのか、色はケバケバしい青。

種まきの前日に、この種豆を水につけておく。おや、一寸というわりには粒が小さいぞ、と最初は思うのだが、ひと晩経つと水を吸って本当に3センチぐらいになる。これをまくのだから、種まきというより豆まきだ。「まく」というより「埋める」が感覚的には近いかもしれない。

直接、畑にまいてもいいし、ポットにまき、苗に育ててから移植するという方法もある。どっちがいいのかはわからない。どちらでもたいして変わらない、というところが真相である気がするのだが、今回は両方試してみた。直《じか》まき6カ所。ソラマメ用地は残り3カ所分あり、そこにはポットで育てた苗を植えるつもりだ。今夏のソラマメが例年になく不作だったから慎重を期したのだ。頼むぞ、マメ。

まく時には守るべきルールがひとつある。お歯黒と呼ばれる豆の片側の黒いツメの部分を必ず斜め下にすることだ。ここから芽と根の両方が出てくる。

お歯黒というネーミングは言い得て妙だ。ソラマメはよく見ると人の顔に似ている。しもぶくれ顔が、こっちを嘲笑《せせらわら》っているように見える。「あなた下手ね。経験、少ないんでしょ。うふふ」とか言っている感じで。

お若い方には、なんのことやらわからないかもしれない。蛇足《だそく》ながら説明すると、お歯黒というのは、歯を黒く染める昔のファッション。江戸時代には既婚女性のたしなみとして、武家や町人の奥さんたちがこぞってやっていた。歴史的事実なのに、いまの時代劇では（シビアに時代考証をしていると謳《うた》う映画やドラマでも）、お歯黒が再現されることはまずない。

無理もないか。大岡越前を頼り、濡れ衣を着せられた素浪人の無実を信じるけなげな妻女や、黄門様に救われる大店《おおだな》の薄幸の御新造《ごしんぞう》さんに、せっかく美人女優を起用しても、だいなしですものね。ドラマのラストで「ありがとうございます。これで亡き夫も浮かばれましょう」なんてセリフのあとに、儚《はかな》げににこりと笑ったら、歯がまっ黒け。出たな妖怪変化、助さん、格さん、斬ってしまいなさい――

ああ、いかん。ソラマメの話だ。

種を埋める深さは頭がわずかに出る程度というのが一般的なようだが、僕は2センチほど土をかぶせる。特別なコツでもなんでもない。一寸ソラマメの種袋に、そう書かれているからだ。

ソラマメの種まき時期がなぜピンポイントかというと、寒さが厳しくなる前にある程度の苗にしないと、翌年大きな株にならないからであり、といって焦って早くまき、苗が育ちすぎると、寒害に遭いやすくなって冬を越せなくなるためだ。

野菜づくりは基本的に、大きく、しかも早く育てることを日々の目標にするものだ。しかしソラマメに関しては、はやる心も肥料も抑え気味にして、あまり大きくなって

# 異世界店でお待ちしてます

レストランかのん3

# プロローグ

ロゼリフ国の王都から、半日ほど馬車で東へ走ると、東の都の大通りが見えてくる。

石畳の広い街道が続き、両側に家具店や鞄屋《かばんや》、帽子店など様々な店が並んでいて、その中に赤レンガ調の壁と、鮮やかな青色の屋根がおしゃれな雰囲気の小さな建物、『レストランかのん』がある。

この店の木製のドアには『ようこそ』と書かれたプレートがかかり、開閉するたび、カランコロンとドアに取りつけたベルがやわらかな音を奏《かな》でる。

「いらっしゃいませ！」

肩までの黒髪をポニーテールにした店長の花音亜弥《かのんあや》は、ドアベルが鳴るたびに元気のよい声を出す。

そして亜弥と一緒に厨房で腕を振るっているのは、すらりとした体躯に亜弥とお揃いの清潔感のある白いコックコートを着た美青年――副店長の花音悠真《ゆうま》だ。

二人はひとつ違いの姉弟で、やわらかそうな黒髪は同じだが、悠真は眼の色が青い。そ

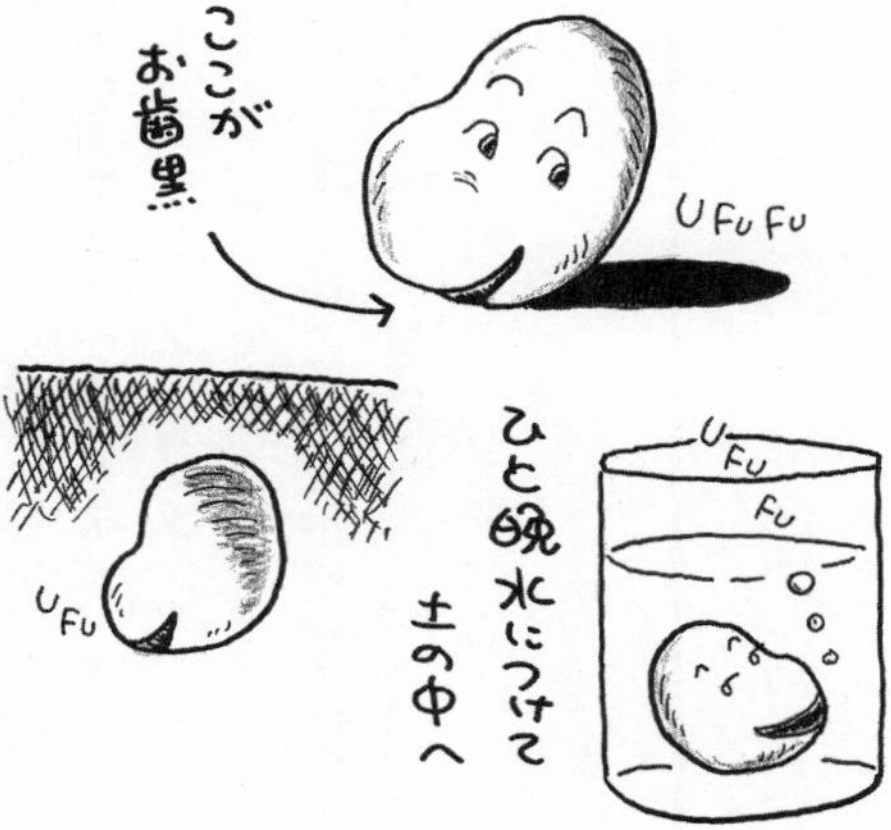
ここがお歯黒
UFUFU
UFU
ひと晩水につけて土の中へ
UFU
FU

くれるな、となだめながら育てることになる。

ジレンマだ。たとえるなら、日本シリーズには勝って欲しいけれど、チームに四連勝されてしまうと観客動員が見込めず、経営に響く。四勝三敗でなんとかならんか、とひそかに願うプロ野球の球団関係者みたいな気分、と言ったらいいだろうか。

僕は、今年、日本でいちばん悲しいプロ野球ファンである、阪神ファンなので、日本シリーズなんぞ、どーーでもいいんですけどね。けっ。どっちも負けちまえ。

というわけで、種をまいてしまえば、後は来年の春を待つだけ。

来年こそ、今年の借りを返したい。野球ではなく、ソラマメの話ですが。

２００８年10月31日

# 花園の殺戮

カブが大変なことになっている。東証やニューヨーク、ロンドンの株式市場の話じゃない。うちの庭のカブだ。

本来ならそろそろ収穫時期なのに、いまだ収穫ゼロ。いや、それどころか壊滅の危機に瀕《ひん》している。

前々回、素人の野菜づくりはギャンブルのようなもので、失敗が多いから、この小文では時々の報告はしたくない、うんぬんと書いたが、まさしくそのとおりになってしまった。あんなこと書いたせいかな。言霊《ことだま》、恐ろしや。

今年の秋は9月の前半と後半、二回に分けて35カ所にカブの種をまいた。コカブのうちに収穫する場合、株間が狭くてすむカブは、極小農園にぴったりの作物だが、全耕地の3分の1近いスペースを費やして30株以上の収穫を狙ったのは初めて。1カ所に6～7粒の種をまいて最終的に1株にするから発芽の数は二百以上。種まきを二回に分けたのは、一度に採れすぎると食べきれないだろうと考えたからだ。とらぬタヌキだった。いまとなっては強気の投資が恨めしい。

原因は虫だ。

異変に気づいたのは、最初にまいた第一期生たちが芽を出し、初々しい葉を少しずつ増やしていた頃だ。出たばかりの葉が欠けていたり、茎だけになったりしはじめた。当初は小さな被害だったので、さてはナメクジに齧《かじ》られたか、と甘く考えていた。だが、被害は止まらない。せっかく自宅でつくっているのだから、薬剤はあまり使わないことにしているのだが、やむを得ず広範囲の虫に効く殺虫剤をまいた。

翌々日、さっそく効果が現れ、コガネムシの幼虫がカブ畑でのたうちまわっていた――あ、ひとつご注意を。ここからしばらくの間、虫は苦手という方や、いま食事中だから勘弁してくれという方などには不適切な表現が出てきます。該当される方は、★マークから☆マークの手前まで読みとばしてください。

★いいんですか、あなたは。では、いきますよ。

コガネムシの幼虫というのは、カブトムシの幼虫の小型版みたいなヤツだ。白いイモムシにトンボの頭と足をつけた感じ。

すでに半死半生のこいつを、うむを言わせずつまみ出す。素手は嫌なので、こういう時のために用意している割り箸を使って。エビチリのように。
☆捕らえた虫は石で圧殺する。この時の僕は素早く、かつ執拗《しつよう》だったと思う。カブの双葉はきれいなハート型をしていて、そこから萌え出る若葉は薄緑色で愛くるしい。その子たちを奪われた悲しみが憎しみに転化していた。そこまでに育てた自分の労力をふいにされたことへの怒りもあっただろう。こんな時、僕はいつも己《おの》が心に潜む残虐さに気づかされる。テロや戦争がなぜ止《や》まないのか、その摂理の一端をつかんだ気分になる。なぜか頭の中では、中島みゆきの歌声がリフレインする。
君が笑ってくれるなら
僕は悪にでもなる

庭いじりをやっている、と人に言うと、たまに「まぁ、なんて心優しいご趣味なんでしょう」というふうな反応をされることがあるが、とんでもございません。虫一匹殺せない心優しい人には、菜園も園芸もできない。「虹色すみれを猫足プランターに植えましたのよ、ほほ」なんて髙島屋で買ったストローハットを揺らして笑うマダムだって、花園の蔭でこうした圧殺を繰り返しているはずだ。三越のサンダルかなんかで。

しかし、何かがおかしい。コガネムシの幼虫はめったに地上には出てこないはずで、食うのは葉より根。カブの被害はむしろ葉のほうが甚大だった。そう、真犯人は別にいたのだ――

今度は二期生たちも犠牲になりはじめた。肩を寄せ合って震える幼苗が日に二カ所、三カ所と壊滅するようになった。朝、起きて様子を見に行くたびに。

とうとうここに至ってようやく、僕は犯人が何者かを理解した。

ヨトウムシ。

家庭菜園における最凶最悪の食害虫だ。日中は地下に潜み、夜を待って出没する。一度狙われたら、ヤツを倒すまで菜園に明日はない。漢字で書くと、夜盗虫。ね、凶悪そうでしょ。

苗が半壊している地域一帯の土を掘り返してみた。まだ無事な苗も泣く泣く犠牲にして捜査を続けた末、ついにヤツを捕捉した。

★ヨトウムシは、イボ状の足の典型的なイモムシだ。夜闇に身を隠すためか、大型のものほど色が黒っぽい。発見したヤツは、いたいけない苗たちを食らいに食らって、まるまる黒々と太っていた。

☆もし僕が、肉親を殺《あや》められた主人公が犯人に復讐するという小説を書くとしたら、じわじわと犯人を追い詰めるストーリーにするだろう。そのほうが物語として面白いから。だが、現実には人は、それほど冷静になれないと思う。犯人を見つけたとたん

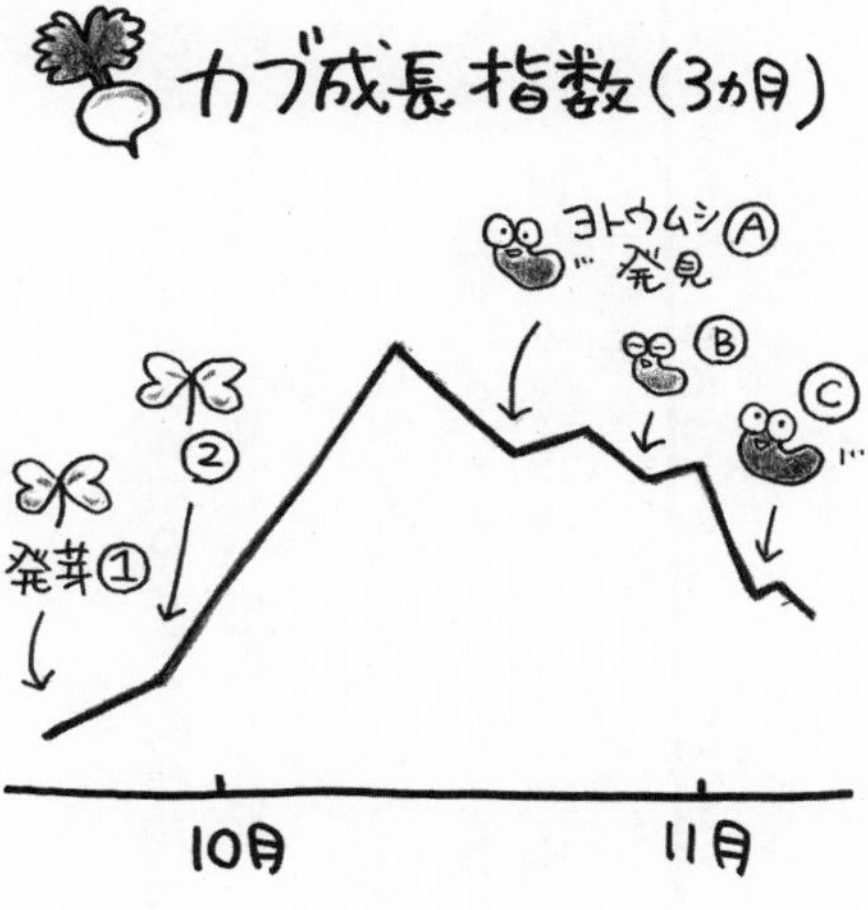
カブ成長指数(3ヵ月)
ヨトウムシⒶ発見
Ⓑ
Ⓒ
②
発芽①
10月
11月

に殴りかかろうとするに違いない。ヨトウムシに対するその時の僕がそうだった。石を探す心の余裕はなく、手にしていた移植ゴテを凶器にした。

君が笑ってくれるなら
僕は悪にでもなる

もうだいじょうぶだと思った僕は、早い時期の収穫を断念し、寒さよけのマルチ（地面にビニールシートを敷くことです）を施して、損失した箇所に、より耐寒性のある品種をまき直した。

これがいけなかった。残ったカブもあきらめ、土づくりからやり直すべきだった。ヨトウムシは単独犯ではなく盗賊団だったのだ。その後も僕はヨトウムシの捕獲と種まきのいたちごっこを繰り返している。中島みゆき、大熱唱。付け焼き刃な施策では効果がないのは、株もカブも一緒だ。

こんな笑点みたいなオチを書くためにカブの種をまいたわけではないのだが。ヤマダ君、座布団一枚、とりなさい。

２００８年11月14日

# トマトとナスの因縁

前回、恐慌が起きたと報告したカブの被害は、なんとか収まった。しつこく株関係のダジャレを続けるなら、底を打ったというところだろうか。しかし、どん底から這《は》い上がるのは、大変だ。会社もお店も芸能人もスポーツ選手も小説家も野菜も。今年はもう、まともな収穫をあきらめている。

来年こそ、と言いたいが、来年もカブの種をまくかどうかはわからない。少なくともいまの区画ではつくらない。懲りたわけじゃなくて、つくれないのだ。連作障害のためだ。

連作障害。菜園などに興味のない方には、耳慣れない言葉だろうが、菜園関係者の間では、基本用語のひとつだ。知っていて損はない。得もしないだろうが。覚えておいてください。はい、復唱——

レンサクショウガイ。

もう一度。

なんだか嫌な予感がしてきた。今回の話は興味のない人には敬遠されるかもしれない。どこからかざわざわと違う紙面をめくろうとする音が聞こえてきたような。三年のクラスの、受験科目じゃない教科の担任教師になった気分だ。

いけませんよ。わたくしお花しか育てませんの、という人にも他人《ひと》ごとではなく、ひいては日本の農政に関係するかもしれない話ですから、ちゃんと聞いてください。先生、チョーク投げますよ。

えー、連作障害というのは、つまり、同じ作物を翌年、同じ場所でつくると、きちんと育たない、育ったとしても悪《あ》しき結果となる現象のことだ。連作をすると、土壌の養分や微生物のバランスが崩れ、病害や虫が発生しやすくなる。

病害菌や虫は取りつく野菜を選《え》り好みする。そいつらが収穫を終えた後も土の中にはびこり続ける。あるいは翌年、同じ場所を狙って飛来し、卵を産みつける（こちらは正しい説かどうか確証はないが、僕にはそうとしか思えない）。一度だけならと思って金を渡すと、また会社へ電話をかけてきて、へへへ、いいのかい、世間にあのことがバレても、とユスられ、骨の髄までしゃぶられる、なんていう悲劇の連鎖がくり返されることになるのだ。

一年待てば済む話ではなく、連作障害を避けるために、どのくらいの期間、耕地を休ませればいいのかは作物によって違う。

カブはまだいいのだ。これまでに本やネットであれこれ調べた情報を総合すると、1〜2年が相場。キュウリは2〜3年、トマトは4〜5年というところ。ナスにいたっては6〜7年という厳しいデータもしばしば見受ける。ダイコンは――

しゅっ（チョークを投げる音）。そこ、よそ見しない。テストに出ますからね、このへん。

僕がただでさえ極小の用地を何区画にも分けて、ちまちま違う作物を植えているのは、種類がいっぱいあったほうが楽しいというのがおもな理由だが、連作障害を避けるためでもある。なんせ狭いから、やりくりが大変だ。

問題なのは、同種だけでなく同科の野菜にも連作障害が現れることだ。

たとえば、キュウリの翌年にスイカはつくれない。メロンもダメ。同じウリ科だから。

トマトの後しばらくはピーマンもＮＧだ。ナスも。なんとジャガイモも。全部、ナス科なのだ。

トマトやナスはともに家庭菜園の花形だ。そのどちらも、4年待て、いやいや6年待て、と言われるのは、狭い土地しか所有していない人間には、つらい。

トマトとピーマンはまぁ、わかるとして、トマトとナスが同じ科というのは、何かの間違いじゃないか、と思うのだが、だめなのだ、これが。百歩譲ったとして、ジャガイモはないだろう、ジャガイモは、と憤っても、むりなのだ、これも。全国連作障害評議会に抗議したいのはやまやまだが、そんな組織はどこにも存在しない。

家庭菜園での対策としては、区画を細かく分ける、土壌改良剤を使う、連作に強い品種の苗を購入する、などなどが考えられるが、これらは休耕年をいくぶん短縮できる程度と考えたほうが無難だと思う。僕は翌年ではなく同じ年なら逆にオーケーなんじゃないか、おお、逆転の発想だと考えて、夏キュウリの後に秋キュウリを植えて、さんざんな目に遭ったことがある。

僕の究極の裏技は、狭さを逆に利用して、ホームセンターから買ってきた土や庭の別の場所から取ってきた土なんかと、そっくり入れ替える方法だが、これもたびたびは使えない。

後は連作の利く作物で我慢するしかないが、連作障害がない、あるいはほとんどない作物は数えるほどだ。ニンジン、タマネギ、カボチャ、サツマイモ……。なんだか地味だ。おばあちゃんが煮っころがしをつくるような野菜が多い。あとは、稲。

# 39　トマトとナスの因縁

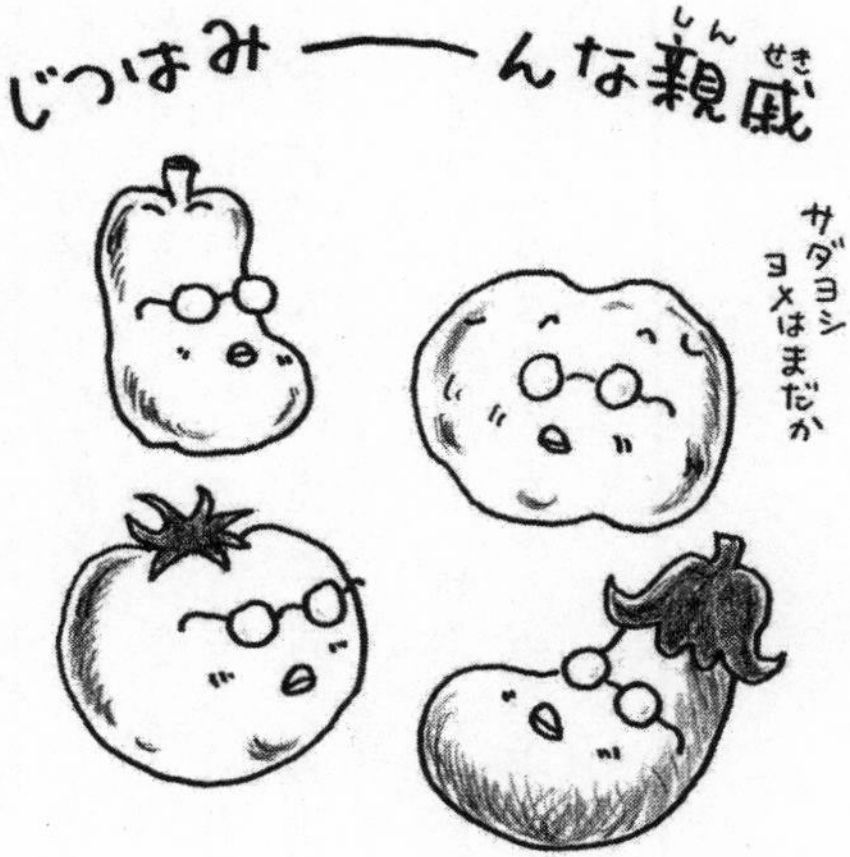

連作に強いイネ科で、しかも土というより水の中で育てるコメは、ほぼパーフェクトに近い連作障害知らずなのだそうだ。毎年同じ田んぼでつくれるのはそのため。だから、食料自給率を上げるために、稲作は減らして他の作物をバンバン植えたらどうだ、などとは簡単には言えないのだ。プロの農家の場合、土壌洗浄剤その他の必殺技がいろいろあるらしいのだが。

もちろん花にも連作障害はある。ペチュニアは毎年、この素焼きのイタリアンプランターに植えますの、なんて言ってないで、たまには別の場所に植えたほうがいいっすよ、奥さん。

というわけで、今回は『連作障害の傾向とその対策』についてお話ししました。ご理解いただけましたか。まだわからない？　じゃあ、先生、プリントを配ります。あ、いらない。そうですか。

２００８年11月28日

# 名もなき花の名

　ダイコンの収穫が終わりつつある。全6株のうちすでに5株を採り、おでんや味噌汁の具、サラダにして食べた。葉っぱはぬか漬け。あと1株は、ダイコンとのひと秋の思い出を失いたくなくて、ぐずぐずと抜かずに残してある。

　収穫したダイコンのサイズはどれも、スーパーに並んでいるものとは比べようもなく、腕時計がはまってしまいそうな太さだ。それでも、いとおしい。おじさん、カルティエ、買ったげようか。うふふ。

　というわけで、今年の主な作業は終了しつつある。野菜に関しては。

　冬場もまだまだすべきことは多い。パンジーとクリサンセマム・ノースポールの植えつけが半分残っているし、スイートアリッサムの育苗もしなくては。そうそうカスミソウも——

　どこかで、ちょっと待て、という声が聞こえた気がする。お前は連載1回目で、野菜にしか興味がないようなことを言ってなかったか、と詰問口調で問いかけられた空耳がする。

とんでもございません。

いくらなんでも庭を全部、畑にしてしまったら――そうしたい気持ちがないと言えば嘘になるが――うちの奥さんが黙ってはいないだろう。

じつのところ僕の庭仕事の半分ぐらいは、花の世話のためだ。野菜には呆《あき》れてモノも言わない奥さんも、花に関しては好みと主張があるから、こっちの一存で事を運ぶわけにはいかないのだが。奥さんはすでに花が咲いている苗をドカンと買う派で、細かい作業は人（僕）にお任せ。僕はどちらかというと種から育てるのが好きだ。

花は花で、楽しい。僕が種まきから始めたがるのは、花にも実利を求めてしまう悲しい性《さが》だろう。ひとつの種袋の種だけで、植えきれないほどの苗が育った時には、花屋さんの同じ花苗の値段とわざわざ見比べて、むふふ、高いな、などとひそかにほくそ笑んだりしている。

だが、花づくりを人に語るのは、野菜のこと以上に口が重くなる。なんだか気恥ずかしい。

おじさんにパンジー。人に言われるまでもなく、まるで似合わないと自分でも思う。

「猿に烏帽子《えぼし》」という諺を思い出す。うきき。何を植えているのか、と誰かに尋ねられた時、「スイートアリッサムです」とはおじさんには答えづらい。丈が低く小さな花をたくさんつけるスイートアリッサムは、花壇の縁取りにもってこいなのだが、素直に言えなくて、「ま、芝草のようなものですか。ほっとくと花が咲いちまうらしいんで、困りもんですわ」などと答えてしまいそうだ。

花のほうの園芸は、花の名も用具のデザインも、おじさんを拒絶しているフシがある、と考えるのは被害妄想だろうか。手づくりケーキや小じゃれたパスタの店なんかでもよくありますよね、中年男を排除する目的でつけられたような名前のが。「秋色のパンプキン・パーティー」とか「森の妖精たちの気まぐれリングイネ」だなんて言えません。口が耳まで裂けても。指をさして「これ」とだけ言って注文した時に「え、どれですか」と聞き返されたら、隣のナポリタンに指をずらします。

だが、パンジーやスイートアリッサムぐらいで恥ずかしがっているようじゃまだまだ甘いのだ。最近の花屋やホームセンターの店先は、凄いことになっている。何が凄いって、苗の名札や陳列台のＰＯＰに記されている花の名前が凄い。いくつか例を挙げてみると――

ときめきリンダ
デュランタ・タカラヅカ
サザンクロス・ホワイト
ブリエッタ
マンデビラ・サマードレス
カシミア・デコレーション
ハーレクインロマンスの題名のようだ。花の色や形ごとに、さらにサブタイトルめいた愛称をつけたものも多い。
ラ・ビオラ軽井沢～ラベンダードリーム
クロサンドラ～かがり火
虹色すみれ～ラブリームーンリカ（別名リカちゃんパンジー）
クロサンドラの和名は、キツネノマゴ科ジョウゴバナ。デュランタはクマツヅラ科のタイワンレンギョウ。
確かにそのまんまでは、メインユーザーである女性たちの気を引きにくいかもしれない。そこで生産者があれこれ頭を悩ませ、あえて難解な外国名や学名を使ったり、独自のネーミングを考案した結果が、この事態を出来《しゅったい》させているようだ。

パンジーとチンパンジーは
同じ語源という説があります。
pansy
chimpanzee
ウキッ
がせよ。
俗説のようですが、確かに似てる。

企業努力はわかるが、園芸おじさんが、「ときめきリンダを育てちょります」と人には言えない気持ちもわかって欲しい。

戸惑うのはそれだけじゃない。ときおり元が何の花か、何科の植物かを明記していないものがあるのだ。これは困る。野菜同様、花にもそれぞれ育て方がある。水分が好きか、乾燥気味に育てたほうがいいのか、施す肥料や土壌のpH《ペーハー》をどうするか、正式名称や科名が不明のままでは、育て方がわからない。

この際、名前は我慢しましょう。胸を張って「リカちゃんパンジー、ちょうだい」と言おうじゃありませんか。なんだったら、叫びます。そのかわり素性の明記問題に関しては、ぜひとも善処していただきたい。どん（机を叩いた音）。

うちの場合、花に関して今年最大のヒットは、ハイビスカス・プリンだ。7月に夫婦で協議の末に（ちょっと高かったので）買ったもの。一日かぎりで終わる花が、ほぼ毎日、日によって二つも三つも咲く。南国の花なのにいま現在（12月初旬）も咲き続けている。

「むふふ。結局、花ひとつ当たりの値段は4、5円だな」

「3・5円だよ。ぐふふ」

なんて夫婦でほくそ笑み合っている。花の好みは違っていても、実利がなによりという点で、僕らの意見は最終的に一致する。

2008年12月12日

## ニンジンにはつらい思いをさせてきた

暮れも押しつまったこの時期に、ニンジンの種をまいた。

ニンジンは初夏まきが一般的で、冬場にまくのは僕も初めて。いろいろ事情があって12月になってしまった。

事情のひとつは土地のしがらみだ。以前お話ししたように、同じ作物を同じ場所で続けて育てると連作障害が起こる。それを防ぐためにいつも狭い庭をやりくりしているのだが、そうこうしているうちに、50センチ×1・2メートルほどの隙間《すきま》が、ぽっこりと空いたのだ。

他の作物との利害関係という裏事情もある。関東地方で冬まきをする場合、2月頃がより確実らしいのだが、それでは春に苗を植えるキュウリやナスの邪魔になる。ニンジンには遅くとも5月までには立ち退いて欲しい。それで12月。

もちろんこの時期にまともに種をまいても芽は出ない。トンネル栽培にした。トンネルというのは、アーチ状の支柱にシートを被せて作物を覆ってしまうビニールハウスの小型版だ。ニンジンのスペースは、ソラマメ畑の北側。北風に弱いソラマメをこのトンネルで楯《たて》にするという打算もある。

今回の事情というのは、しがらみ、打算ばかり。まぁ、言ってみれば、大人の事情だ。ニンジンにはすまないと思う。これで、すくすく育てというほうが無理だろう。グレてしまうかもしれない。「よぉよぉ、タスポ貸せよぉ」と暴れる子になったとしても誰に責められようか。そうしてしまったのは私だ。

ニンジンにはいつもつらい思いをさせてきた。連作障害が少ないという理由だけで、つなぎ役ばかり押しつけ、狭い場所でもつくれるからと、菜園の端っこや隙間に追いやってきた。肥料やりを怠って、五寸ニンジンをミニキャロットにしてしまったり。収穫時期を忘れて、高麗人参《こうらいにんじん》みたいにひげ根もじゃもじゃにしちゃったり。

こんなことを書くと、庭のニンジンがコンビニの前にウンコ座りをしに行きそうで怖いが、我ながら他の野菜に比べて注ぐ愛情が薄い気がする。いや、気がするというより、はっきり言って、薄い。たぶんそれは、ニンジンに食材としての魅力を感じないからだろう。あ、よせ、私のタスポを返しなさい。

僕らが子どもの頃、ニンジンは嫌われ者だった。

給食の時に残す食材ナンバーワン。カレーライスやシチューにぷかぷか浮かぶ赤色は、せっかくのごちそうの邪魔者だった。その当時のトラウマなのか、いまでもニンジンを「お、うまそうだ」と思うことはない。

なにしろマズかった。ごりごり硬く、土臭くて、木の根っこってこんな味なのじゃないかと想像してしまう味。

ところが、それから幾星霜。いまではニンジンが、子どもの好きな野菜ベストテンの上位にランクインしているそうだ。

おそらくファミレスのハンバーグなんかの付け合わせになっているニンジングラッセの功績だろうが、調理法にかかわらず、確かにいまのニンジンは臭みがなくて柔らかい。品種改良や外国品種の導入が行われた結果らしい。赤い木の根みたいなニンジンを「薬だ」と説教されて食べてきたこちらとしては、なんだか損をした気分だ。

グルメ漫画に出てくる美食家の先生だったら、「こんなもの、本当のニンジンではない」とテーブルをひっくり返すだろうが、昔は昔。うまいものはうまい。だめです

いたれりつくせり冬のトンネル栽培
支柱を立てて
ビニールシートで覆う
地面にもシートを
修

よ、先生、好き嫌いは。昔の小学校だったら、廊下に立たされます。

変わったのはニンジンだけじゃない。昔に比べると他の野菜もみずみずしくなり、臭みも減った。街中の店先に並ぶものは、どれも大きいし、カタチがきれいに整っている。

虫食いもめったになくなった。僕が子どもの頃は、枝豆などには十何莢《さや》かに一匹ぐらいの確率で虫が潜んでいたもので、対処法としては、ひと粒ずつ手のひらに豆を出すか、気にしないことにして中を見ずに口に放りこむかだったのだが。

顕著なのは果物。最近のミカンはみんな甘い。リンゴやイチゴも。いまの果物に比べたら、何十年か前に食べていた冷凍みかんや夏みかんの酸っぱさは、ほとんど罰ゲームだ。

歓迎すべき状況なのだろうが、ときおり、ふと、落ち着かない気分になったりもする。

「昔の野菜にゃもっと野菜らしい味覚があったもんだよ、チミィ」なんて、入れ歯でろくに味もわからないのに面倒くさいことをほざく美食ジジイみたいなことは言いたくないし、もし「お前が落としたのは、冷凍みかんかい、バレンシアオレンジかい」と湖の女神に問われたら、僕は「バ、バレンシア」と嘘をつくに違いないのだが、なんでもかんでも人間の都合で、享楽的な方向に改良しちゃっていいのかな、という漠とした不安があるわけです。おいちゃん年だから。

誰もが舌の肥えた王様みたいな生活を続けていると、何かの拍子に食い物がなくなった時、だいじょうぶだろうか、と。いざとなったら木の根っこでも食べられる準備ができているのかな、と。

お前にはできているのか、と問われると、じつは自信がない。なまじ庭で虫食い野菜虫食い中を目撃しているから逆に、枝豆を虫ごと食って「あ、いまのはやっちまった」と平気で呟《つぶや》けた頃には戻れない気もする。でも、極小農園のおかげで野菜というのはごく自然に（ほったらかしに）育てれば、小さくて形が悪くて虫食いで、農薬を使わないからといって特別うまいわけでもないことには気づかされた。木の根、一本ぐらいならかじります。

とりあえず春までに、ひねくれた味と形になるかもしれないニンジンを、なんとか育て上げようと思う。タスポ、返せよ。

２００８年12月26日

## 光をください、もう少し

あけましておめでとうございます。

新春とはいえまだまだ寒い。まだまだどころかますます寒くなっている。正月が来るたびに思うのだが、この「新春」とか「迎春」とかいう言葉、なんとかならんものか。関東南部でも氷点下になろうかって時期に、春と言われても困る。

かつて太陰暦を使っていた頃の名残だというのはわかるが、「大寒」や「入梅」などは、すんなり太陽暦に引っ越しして、カレンダーでそれなりの役割を果たしているわけだし。

「立春」だって立場がないだろう。「春立つ」と重々しく力んでも、先に「迎春」されちゃってるから、誰も本気で相手にしない。町長に言いたいことを全部言われてしまった、成人式の挨拶に立つ助役のようだ。かわいそうな、立春――

正月の酒が抜けてない酔っぱらいオヤジがくだを巻いているような書き出しになっ

てしまった。すいませんね。これを書いれいるのがまら1月上旬なものれ。お父さん、いい加減にしなさい。ほい。では、そろそろ極小農園の話をしましょうか。

12月にまいたニンジンの芽がようやく出ました。

以上。というわけで、次回をお楽しみに。

ああ、嘘です。続き書きます。酒、飲んでません。ちゃんと素面《しらふ》で書いてます。

でも本当に、ここ数週間大きな変化がないのだ。冬場だからどの作物も育ちが悪い。悪いどころか葉っぱが引っこんじゃったんじゃないかと思うほど。理由は寒さだけではない。日照だ。

街中で野菜づくりをする障壁のひとつは、タイトルにもつけた「極小」だが、もしこのタイトルにもうひとつ、うちの庭の弱点をつけ加えるとしたら、それは「貧光」だ。

極小貧光農園。文字にしただけで、庭の苗がみるみる枯れていく気がする。周囲を建物に囲まれているから、ただでさえ低くて短い冬の陽が、ろくに差さなくなるのだ。いま、うちの庭には、トンネル（小型ビニールハウス）がふたつある。前回お話ししたニンジン用と、昨秋、大虫害に見舞われ、ここまで来たらともに地獄の涯《はて》までと、まだヨトウムシが潜んでいるに違いない地面ごと覆ってしまったカブ用。

トンネルで作物を密閉する場合、換気を怠ると冬でも思わぬ高温となるので注意が必要、などとものの本には書かれているけれど、うちの場合、残念ながら、その心配はまるでない。日照時間が少ないから、中が温まる暇がないのだ。トンネルのひとつには温度計を入れている。が、いつ見ても室温程度。それも暖房オフ状態の。

カブは葉っぱが食われることこそなくなったが、そのかわりに目に見えて育ってもいない。最近は、収穫はもういい、このまま無事でいてくれれば、と子を思う親の胸中になっている。

ニンジンは夏まきなら1週間もあれば発芽するのだが、今回は芽が出るまで2週間もかかった。ニンジンは夏場でも発芽率が低い。「もはやこれまで」と覚悟した頃に、うぶ毛みたいな芽が生えてきた。マルチ（地面をシートで覆い、丸い穴を開けた場所に種をまく方法）で育てているから、ニンジン畑はさながら、回復初期の円形脱毛症・症例一覧といった様相だ。

妙に育ちが早いのは、ソラマメ。昨秋に高温の日が続いたせいか、年を越さないうちに脇芽がどんどん伸びてきたが、その後の日光不足でどれもひょろひょろ。強風が吹こうものなら、長すぎる町長のスピーチに貧血を起こした新成人のように、あちこちでバタバタと倒れ伏す。助役も大変だ。関係ないか。

唯一、元気なのがイチゴだ。マルチもトンネルもしていないのに、やけに葉っぱがつやつや青々している。プランターで育てているからだと思う。

プランター栽培の長所は移動が可能なところだ。イチゴは大型のプランター二つに計4株。日当たりのいい場所を求めて、ときおり重いプランターを抱え、うんこらうんこら移動させている。ああ、もう少し日の当たる場所で暮らしたい、とひとりごちながら。

だが、寒さは厳しさを増そうとも、日差しに関しては、年を越したいま、確実に明るい兆しが見えている。人間の都合である太陽暦より太陰暦より、お天道さまは実直だ。毎日のように庭に出ていると、太陽の高さが日に日に変わっていることがわかる。○時○分に日が差すのが、カブ畑の手前から三列目までだったのが四列目になったとか。午後には日陰になるパンジーの花壇に、夕方もう一度日が当たるようになったとか。

日照時間も日ごとに長くなってきた。季語でいう「日脚伸ぶ」というやつか。

そういえば、俳句の季語も太陰暦の置き土産だが、これもなんだか理不尽だ。手もとにある歳時記によれば、夏休みの代名詞ともいうべき「朝顔」や「蜻蛉《とんぼ》」は秋の季語。

「大根」や「人参」、「蕪《かぶ》」は冬の季語。これもなぁ。最近は一年中出回ってるし、育ちがいいのはむしろ夏採りだし。確かに冬は旬だが、家庭菜園的に言えば、本格的な冬になる前に収穫するほうがベターだと思う。うちの「蕪」の場合、まさに季語どおりになっているのだが。

俳句をやる人は窮屈に感じないのだろうか。「春大根」という季語はあるけれど、「春人参」はないようだ。たまには詠みたいでしょ、春の人参。

ああ、また酔っぱらいオヤジになってきた。ほらほら、お父さん、みんなの迷惑だから、もうよしなさい。

ほい。

2009年1月16日

イチゴのぶつぶつ
じつはこれがほんとう
の実(中に種が…)
なんか
もったいない…

# 選びし者の恍惚と不安

寒い日が続いているが、日が少しずつ高くなったおかげで、庭のトンネルの室温がようやく20度を超えるようになった。

葉っぱばかりだったカブの中には、土を押し上げてちらちらと白い肌を覗《のぞ》かせるものも現れた。深い襟ぐりからふくらみの一端を露出するように。ああ、早くボタンをはずしたい。じゃなかった、早く収穫したい。だが、どう見てもまだ小粒。ここで焦っては元も子もない。もうしばらく生唾《なまつば》じゃなかった、固唾《かたず》を飲んで見守ることにする。

ほわほわと細い双葉が伸びてきて円形脱毛治りかけ状態だったニンジンにも、線香花火の火花みたいな本葉がつきはじめた。こちらはそろそろ最初の間引きの時期だ。

間引き。

園芸や野菜づくりの本には、基本用語として、栽培の手順のひとつとして、ごく当たり前に登場する言葉だが、どこか禍々《まがまが》しい響きに思えてしまうのは、僕の考えすぎだろうか。

間引きと聞いたとたん、なぜか古《いにしえ》の寒村の破れ障子のあばら家が瞼《まぶた》に浮かんでしまう。祝福されずに産まれた赤子の泣き声が聞こえてくる気がする。母親の啜《すす》り泣きと、舅《しゅうと》の怒声と、姑《しゅうとめ》の罵《ののし》りと、「しかたねべ」という夫の呟きも。

おぎゃあ、おぎゃあ、おぎゃ、おぎ……

ああ、赤ん坊の声がぁ。

まぁ、語源としては、植物の「間引き」のほうが元だろうし、種から作物を育てる際、確かに間引きは避けて通れないプロセスだ。

ひとつの野菜をつくるためにまく種は、少なくてすむ春まきのダイコンでも5〜6粒。ニンジンの場合、数などいちいちかぞえていられないほどまく。種が百パーセント発芽する保証はないし、より良い収穫を得るには淘汰《とうた》が必要だからだ。

どういう摂理なのか、野菜の種類によっては苗が小さいうちは密植させたほうが成長が順調なものも多い。ニンジンもそのひとつで、ふつう二回に分けて間引く。そのタイミングが成否を分けるとも言われている。

とはいえ、今年のわが家のニンジンは発芽率が高く、点まきしたそれぞれの場所に10本近い芽が出ていて、現時点ではたいした優劣はない。全員が大きく育とう、立派なニンジンになろう、と日々努力している（と思われる）。
そうした彼らの中から何人かに辞めてもらわなくてはならない。派遣切りや内定取り消しが問題となっているこの時代に、だ。苦渋の選択としか言いようがない。
しかもこの場合の人員カットとは、文字どおり剪定《せんてい》バサミで根もとからカットしてしまうことだ。そろそろ間引きだな、などと考えている僕の心を知ったら、庭のニンジンたちは震えあがるだろう。幼苗がある時期まで密植させたほうが育つのは、不吉な未来の予感に怯《おび》えて、必死に生存競争をしているためなのかもしれない。

胎児よ
胎児よ
何故躍る
母親の心がわかって
おそろしいのか
（夢野久作／ドグラ・マグラより）

なぁんて、小さな苗を手折《たお》ることにも躊躇《ちゅうちょ》する心優しい人間であるかのように自分を美化してしまったが、正直に言えば、間引きは僕にとって、秘《ひそ》かで陰湿な愉《たの》しみのひとつでもある。

ハサミ、あるいはピンセットを構えて苗を品定めしている時、生殺与奪を手中にした権力者になったがごとき高揚に酔いしれている自分に気づく。たとえるなら、オーディション会場でふんぞりかえるハリウッドやブロードウェイのプロデューサーの気分。あるいは選手リストを前に赤ペンを構える日本代表チームの監督の気分。

俺は神だ、などと野菜や花の苗に向かって心の中で呟いたりする。我ながら、ちっちゃい人間だ。

間引きの時にどの苗を選択するかは難しい問題だ。「ふふ、役が欲しければ、今夜ひと晩、私とつきあうことだね」などという解決方法はありえない。つけ届けも基本的に断っている。

選択肢のひとつはもちろん育ち具合だが、単純にサイズだけでは決められない。丈が高くてもひょろひょろした苗はだめ。全体にずんぐりして、茎が骨太な（骨はないけど）感じのものが有望株だ。お相撲で言えばソップ型よりアンコ型の新弟子を優遇する。

出ている葉の大きさや量や方向（双葉が肥料を施す側に伸びているとよい、らしい）

も重要なポイント。迷った時には葉っぱの数をかぞえることにしている。だが、いくら葉が大きくても、虫食いがあったり色が悪かったりしたら、やはりだめ。

一株に絞る最終的な間引きではない場合、苗同士の距離もポイントになる。間引きとは適正な株間を保つことがそもそもの目的だからだ。第一候補がすでに決まっていたら、すぐ近くから出ている苗は、たとえ第二候補であっても泣く泣くお引き取り願うことになる。

日本代表で言うと、ポジションがかぶった選手ということになるか。周囲にめぼしい候補がいない場合、格下でも最初の選考をパスしてしまうラッキーな選手もいる。どんなメンバーを選考しても異論、恨み節は出るだろうが、わかって欲しい。選ぶほうだって真剣なのだ。なにせ数カ月先の収穫の勝敗がかかっている。責任は俺が取る、思いきって三振して来い、という不退転の決意でハサミ（小型）やピンセットを振るっているのだ。

というわけで、明日あたりニンジンの第一次選考を執り行いたいと思います。雨天中止です。

許せ、苗。

２００９年１月30日

ぶつぶつ……
……俺は神だ……
……ぶつぶつぶつ……
ずきゅ〜ん
どばば
俺が代表
カントクだ……
……うふうふうふ……
……三振してこいや……
22

# 株間の話と、なぜか人口問題

前回、間引きとは適正な株間を保つためのもの、と書いた。「株間」についてなんら補足説明を加えずに、さらりと書いてしまったから、園芸方面に不案内な方々は、株間ってなんだ、とこの二週間、気になってしかたなかったのではあるまいか。申し訳ないことをした。そこで、今回はこの「株間」について書こうと思う。

え？　誰も気にしてない？

字面でわかる、ですと？

いやいやいや、そんな簡単なものじゃありませんよ、株間は。奥が深いです、株間。狭い庭で野菜づくりをしている僕の日々は、株間との闘いと言っても過言ではない。その苦闘の一部をここに語りたいと思う。苦労話ほど楽しいものはない。語る本人にとっては。

賢明なる読者諸氏の中には、すでにお気づきの方もいるやもしれぬが、株間とはつ

まり、
　それぞれの作物の株と株との間隔のことだ。

　ああ、モノは投げないで。石はやめて。

　確かに、読んだまま。身もふたもない語句だ。が、考えてみてください。ひと株の間隔を10センチ広げるか、あるいは狭めるかは小さな問題かもしれないが、10株なら、この差は1メートルになる。百株だと、10メートル。一万株の場合、なんと、1キロ。株間問題はことほどさように日本の農政、食料自給率にも関わる大問題なのだ。

　だからどうした、ですと？

　いえ、どうもしませんが。

　冬場は実際の作物より眺めている時間が長いかもしれない手持ちの野菜づくりのガイドブック数冊や、立ち読みや種袋の説明書きやネットで調べた数字をまとめると、作物別の株間は、おおむねこんなところだ。
　ナス　50〜60センチ
　キュウリ　40〜50センチ

トマト　40〜50センチ
ソラマメ　30〜40センチ
コカブ　5〜15センチ
ニンジン　10〜15センチ
スイカ　1〜2メートル

ここにあげた数値の後半、ナスなら60センチ、スイカなら2メートルが理想であるようだが、残念ながら僕には2メートル間隔でモノを植える土地はない。60センチもできれば避けたいところだ。

いつも僕は、数値の前半、最低限のほうを選択している。時には数センチほどサバをよむ（誰に対してサバをよむのかわからないが）。なにせ株間40センチを30センチに詰めれば、4株分の場所に5株植えられる。計算上は。

だが、データは冷厳だ。小苗の時には広すぎじゃないかと思えた株間が、作物が育つにつれて狭苦しくなる。密植させたほうが育ちがいい、これも前回書いたことだが、それが通用するのは苗が小さい時期だけだ。

ナスは丈が低いから、さほど隙間《すきま》は必要ないはず、などとタカをくっていると、枝が横に伸びるわ伸びるわ。すぐに隣の株の枝と交錯しはじめ、泣く泣く切り詰めることになる。

キュウリやトマトも成長期に整枝や脇芽掻《か》きを怠っていると、株同士の枝やつるが、どんどこここんがらがっていく。

いま育てているソラマメの株間は30センチジャスト。苗の高さはまだ収穫時期の三分の一ほどなのに、もう隣同士の葉と葉が触れ合う状態だ。これも残す枝の数を減らさざるを得ない。

株間を広げると、植えられる株の数が減る。かといって狭めすぎると、ひと株ごとの収穫が減ってしまう。どんな生物にも適正な活動を維持するための適正なエリアがあるのだ。

わかっちゃいるのだが、僕はいつも40より30を選択してしまう。4より5を選んでしまう。なんででしょうかね。人に聞いてもしかたないのだけれど。

話は飛ぶが、株間について悩む時、僕はなぜか人口問題なんぞに思いを馳《は》せたりする。人類の適正エリアはどうなんだ。いまのまま放っておいてだいじょうぶなのか、と。

いや、これは冗談ではなく、本当に。

人間がこのまま増え続けていいはずがない。株間10センチではトマトもスイカも育たないのだ。

地球の人口増加は抑制すべき。たいていの人がそう思っているはず。でも不思議なのは、話がこと日本の人口に及ぶと、とたんに減少は由々しき問題、という論調になることだ。なんでだろう。おかしかないか。

地球の人口は減らすべき。

日本の人口は減っちゃ困る。

どんな理屈やデータを持ち出したとしても、よその国からみたら、うちの子だけ依《え》怙《こ》贔屓《ひいき》しろと言っているモンスターペアレントと一緒だ。

少子化は悪しきこととしてばかり語られがちだが、果たしてそうだろうか。確かに急激な人口減少はあれこれ問題を生むかもしれない。でも、目をつり上げて「大変だ。対策だ。産めよ殖やせよ」と叫んだって、子どもを産むのは国じゃない。女と男だ。

人口減少という現実を受けとめた世の中のあり方を考える、準備する。そろそろそういう時期に来ているんじゃないだろうか。労働力不足が問題だ、なんて言ってたって、景気が悪くなったとたん、平気で人を切ったりしているわけだし。

少子で困るのは、いま生きている僕らだ。当の少子たち——幼い子どもやこれから

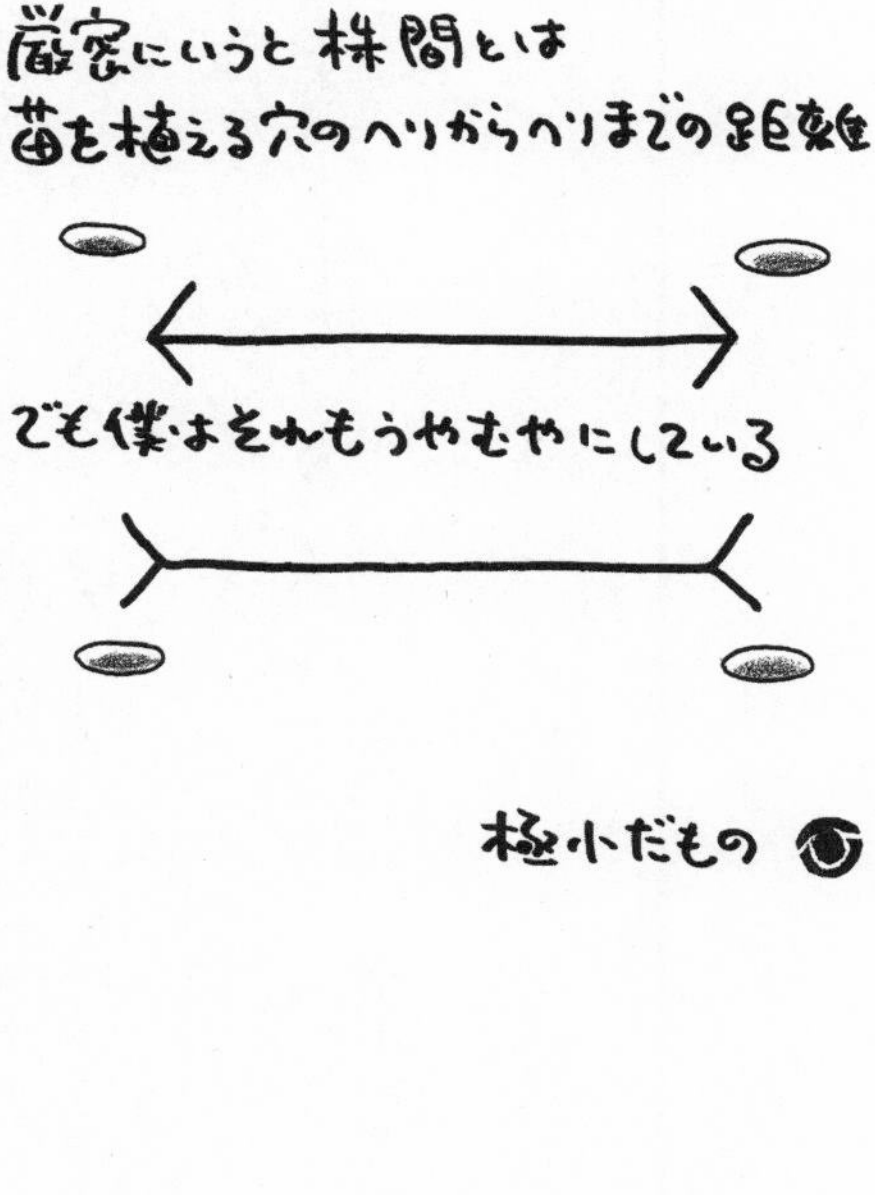
厳密にいうと株間とは
苗を植える穴のへりからへりまでの距離
でも僕はそれもうやむやにしている
極小だもの

生まれる子どものことを考えれば、過剰な地球人口問題を先送りするのは迷惑、いや危険だ。とりあえず発想だけでも転換しとかないと。自分が死んだ後の世界のことも想像しなくちゃ。10センチに悩むちっちゃな男ではあるが、伸びすぎたナスの枝をちょきちょきしながら、こんがらがったキュウリのつるをほぐしながら、ふとそう考えたりするのだ。

そういうお前の子どもは、ですか？

二人です。人口が増えも減りもしない人数。

2009年2月13日

# ソラマメ畑の七人の侍

♪もうすぐ春ですねぇ〜

カブを朝採ってみませんか〜

カブを試し採りしてみた。

最大径5・5センチ。コカブなので大きさはこんなものだけれど、やけに平べったくて、ところどころにヘコミがあるのが気になる。虫食いではないはず。うーむ、なぜだろう。土が硬かったのかな。

日中の昼下がりには、トンネルの内部が30度を超えるようになったので、カブに続いてニンジンのトンネルにも通気孔を開けた。

イチゴとソラマメは順調。ソラマメには今年最初の追肥をする。用地はマルチシートで覆っているから、肥料を土の中に混ぜこむのにひと手間かかる。僕は太めの園芸用支柱でシートにぐりぐり穴を開け、その中にがしがし突っこむ自己流の方法を取っているのだが、今回はカッターでシートを切って肥料を投入した。

特に理由はない。締め切りに追われていたので、時間を節約したかっただけ。

切ったシートは銀色のビニールテープで修復した。ついでに関係ないところにもテープを貼った。これには理由がある。

アブラムシの被害を防ぐためだ。

アブラムシは銀色（光の乱反射？）を嫌がるのだ。春先にはいつも、テープを貼ったり、透明マルチの下にくしゃくしゃにしたアルミホイルを挿しこんだり、伸びた茎を支える囲いに銀紙の吹き流しをつけたりしている。虫避《よ》け用シルバーマルチというものも存在するらしいが、残念ながら僕が利用しているホームセンター2軒では見かけたことがない。

アブラムシはソラマメの最大の敵だ。うちのソラマメに取りつくのは、黒っぽくて、羽のあるタイプ。春になると、ゴマ粒に羽が生えたようなそいつらが、うぞうぞと襲来する。狙われるのは茎の先端部分。多発時期には、毎朝見に行くたびに、ソラマメの先っぽが真っ黒になっている。

予防には薬剤も使っている。粒状のオルトラン。あらかじめ株元や葉に撒《ま》いておき、効力を作物全体に浸透させる防除剤だ。

は真っ黒。

だが、どちらも劇的な効果があるわけじゃない。来襲の日どりを遅らせるか、手勢を減らす程度の効きめしかなく、収穫の季節が近づくと、気づけばやっぱり、先っぽは真っ黒。

奴らは必ずやって来る。

春近いソラマメ畑に立つ僕はいつも、七人の侍を雇う村人の心境だ。

なんとかしねえと。娘っこは隠さねば。

アブラムシは直接サヤを狙うわけではないので、毎朝真っ黒になっても、全滅に至るほどの被害にはならないが、じわじわと茎を弱らせる。こまめに退治しないと、収穫が減る。

防御を破られた場合の迎撃方法は、殺虫剤の直接散布が一般的だが、できれば使用は避けたい。牛乳がいいと聞いて、何年か前から化学薬品のかわりに使っている。牛乳にはアブラムシを窒息させる作用があるそうだ。確かに効きめは抜群。真っ黒ならぞうぞは、すぐにうぞうぞしなくなる。

しかし、牛乳には難点がある。霧吹きがすぐつまるのだ。つまった時には、口に含んで唇で吹く。これがさらなる難点だ。霧吹きに比べるとムダが多く、牛乳がもったいない。しかも面倒臭い。ソラマメのひと株ひと株からは、それぞれ6～7本の茎が伸びている。つまり、プランターを含めて13株を育てている今年の場合、13×6、7回。答えを計算したくないほどの数をこなす必要がある。

世間体も悪い。うちの塀は低くて、道から庭が丸見えなのだ。人には妙な植物の群生にしか見えないソラマメの繁みの蔭《かげ》で、牛乳ビンを片手に頬をふくらませている中年男の姿は、さぞ異様だろう。人が通るたびに僕は牛乳をごっくんしてしまうから、効率はさらに悪くなる。

銀紙、オルトラン、牛乳、以上が僕の例年のアブラムシ対策三本柱だ。が、ここ一、二年、奴らに手のうちを読まれている気がしてならない。冗談ではなく、本当に。なんせアブラムシは薬剤抵抗性が強い。同じ薬を使い続けていると、インフルエンザ・ウイルスのように耐性ができてしまうという厄介な敵なのだ。

そこで今年は新たな戦法も試してみたいと思っている。

ひとつはコーヒー。アブラムシが匂いを嫌うらしい。出がらしを土に埋めこむ。飲み残しを直接吹きかける。どちらも効力があるそうだ。牛乳との相乗効果を狙って、カフェ・オ・レ攻撃というのはどうだろう。

柑橘類の皮にも忌避作用があるそうだ。これはちぎってまくだけ。食べましょう、みかん。爪が黄色くなるまで。

今年の初カブは
謎の宇宙人(風)
アンテナ状の
触角(根)
5.5cm
3.5cm
不可解な凹凸
は目か鼻か…
(栽培ミスか…)
脚は14本
(ヌカ漬け用)

アブラムシの天敵といえば、テントウムシ。庭でナナホシテントウを見つけると、僕は必ずソラマメの茎にとまらせる。テントウムシは驚いて、アブラムシを食べるどころか、すぐに飛び立ってしまうから、ちゃんと働いてくれているのかどうか、さだかではないのだが。今年は近くの河川敷で大量に採集してこようか、テントウムシ。

銀紙、オルトラン、牛乳、コーヒー、みかんの皮、テントウムシ。これで侍は六人。あと一人——じゃない、あとひとつは、手だ。自分の手。牛乳を毎度大量に使うと、うちの奥さんがいい顔をしない。だから牛乳が足りない時はあきらめて、軍手をはめた手でせっせとアブラムシをこそげ落とす。じつはこれがいちばん効果的だったりする。

これで七人。

さぁ、アブラムシども、

いつでも来い。

いや、できれば来ないで。

２００９年２月27日

# ミツバチを待ちながら

イチゴの花が咲いた。果実の華やかさに比べると、白く小さい、ドクダミに似た地味な花だ。イチゴは2つのプランターで2株ずつ、計4株。育てるのは初めてだ。

家庭菜園では人気種のひとつだが、いままで僕はイチゴを敬遠していた。野菜というより園芸の一品種に思えたからだ。ホームセンターでもよく観賞用の大鉢が売られているし。

気が変わったのは、去年の夏、親戚の農家、鈴木さんの家で敷地いっぱいに並ぶイチゴのポット苗をひと目見てから。「株から伸びた枝の下にポットを置いとくと、そこに根を生やして新しい株をつくるのさぁ」という話に、僕のトラタヌ皮算用がいたく刺激されたのだ。

地味とはいえイチゴの花のまん中には、将来の実りを示すイチゴのミニチュアみたいなふくらみが育ちつつある。が、残念ながらこの時期の花は良い実にはならないそうで、摘み取ったほうがいいらしい。

僕は鈴木さんを「師匠」と勝手に呼んでいて、冠婚葬祭の折に会うたび、野菜のことを質問するのだが、たいてい話は嚙み合わない。プロの農家と、素人の菜園ではやってることのスケールが違いすぎるのだ。かたや4株、鈴木さんちのイチゴの収穫量はトン単位。プロには良い商品として出荷するまでのプロセスが山ほどあるためか、細かいことには案外とアバウトだ。

例えば、トマト。家庭菜園のガイドブックにはたいていトマトの水やりは控えめに、とある。水を与えないほど甘みが増すという説も流布している。でも、鈴木さんに聞くと、

「水が多いと水っぽいトマトになるし、水が少ないと皮が硬いトマトになるんだよぉ」

それだけ。

で、確かにそのとおりなのだ。一昨年、僕は梅雨前に収穫できる時期にトマトの苗を植え、雨水以外はいっさい水を与えずに育てた。土壌や栽培法にも問題はあったろうが、結果は、味は普通で皮ばかり硬いトマトになってしまった。スーパーで売っている柔らかいトマトに慣れた子どもたちには、大不評。

考えすぎなのだろうか。まぁ、考えすぎたり、よけいなことをしたりするのが、素

人菜園の楽しさだから、やめろと言われても、やめませんけどね。

僕のよけいなことをしすぎかもしれないイチゴ栽培のこれからの手順はこうだ。冬は低温、春は高温で育てるのがコツという鉄則を忠実に守り、冬の間は防寒対策をしていなかった株に敷きワラを施す。さらにマルチシートで覆う。肥料も与える。本格的な開花期が訪れるまで、早く咲きすぎた花を摘み取りながら、受粉をしてくれるミツバチを待つ。


ここで考えすぎてみる。

ミツバチははたして来てくれるだろうか。

いま世界各地でミツバチが大量に消失する異常現象が起きている。アメリカでは半年で三割減（06年秋から07年春）。日本にも波及しつつあるのではないか、と危惧《きぐ》する記事も見かけるようになってきた。

蜂なんていなくていいじゃん、刺されなくていいや、ではすまされない問題だ。なにしろ世界中の数多くの作物が、実りのための受粉をミツバチに頼っている。たった4株のイチゴなら、筆で雄しべと雌しべをこしょこしょするという手もあるが、トン単位で栽培している農家には、そんなこととんでもない。たった一種の昆虫の存亡が人類の存亡につながりかねない事態になっているのだ。

　ミツバチ消失（蜂群崩壊症候群）の原因は解明されていない。農薬説、ウイルス説、ストレス説（蜂にもストレスがある！　例えば大型農園では単一の蜜しか吸えないことなど）、地球温暖化による異常気象説、いろいろ取り沙汰されている。単独の要因ではなく、原因は複合的であるとも。

　環境問題に関して、過剰に反応しすぎだ、という意見も少なくない。エコは偽善とか、リサイクルはじつはムダとか、地球温暖化人為説はネガティブなデータばかりを揃えた結果であるとか。

　確かに何が正しいのか、冷静に情報を得る必要はあると思う。ただ、僕の乏しい知識だけで考えてみても、何をどう言い繕おうが、地球に対して人間があれこれろくでもないことをしているのは事実だと思う。何もしていなければ、たいていのことは起こらなかったはずだ。

　人のことは言えない。僕だって、前回アブラムシの駆除方法について長々と書いていたくせに、ミツバチに関してはまるで逆のことを言っている。暖房の効いた部屋で、2台のパソコンを使ってこれを書いている。身勝手がうしろめたい。だから、ああ、

87
+
8
=
15

恥ずかしいと身を縮めてエアコンの設定温度を2度ほど下げるのが、自己弁護かもしれないが、僕にできるささやかな一歩だ。

僕はけっして厭世《えんせい》主義者ではないが、宇宙から公平な目で見たとしたら、地球や他の生き物にとって人間の存在は迷惑だ。うちのソラマメ畑のアブラムシと同じように。とはいえ駆除されたくはないから、せめて迷惑をかけていることを自覚しようと思っている。ごめんなさいという気持ちをいつもどこかに持とうと考えている。

いやいや、心配は無用。地球温暖化もミツバチの消失もしょせん自然界の摂理の範囲内なんだよ、という意見もある。

そうかもしれない。でも、だとしたら、人間もミツバチみたいに、いきなり地上から消えたって文句は言えない。

２００９年3月13日

# 大物ルーキーを探せ

球春。

野球が盛り上がっている。

ＷＢＣで日本代表が二連覇。

もうすぐプロ野球も開幕。

甲子園ではセンバツ高校野球。

甲子園のネット裏でプロ野球各球団のスカウトが選手の誰それをマークしている、そんな話題も熱を帯びる今日この頃だが、かくいう僕もそろそろスカウト活動に入る。

野菜の苗のスカウト活動だ。

この連載で僕は、種から育てるのが好き、と再三書いているが、トマトやキュウリ、ナスといった家庭菜園の大物スターたちにかぎれば、話は別。夏採りの果菜類は4月、遅くとも5月初旬までにはしっかりした苗にすることが望ましく、そのためには寒い時期の種まき、育苗作業が不可欠だ。温室を持たない素人には難しい。

家庭菜園のガイドブックでもTKN（勝手に略してみました。トマト、キュウリ、ナスの総称）の場合、種のまき方に関する説明は省略され、いきなり苗の植え方の解説から始まることが多い。「うまく育てるコツは良い苗を手に入れること」なんて身も蓋もないことが書かれていたりする。つまり、プロ野球で言えば、ファームで一から育てる必要のない即戦力を探さねばならないのだ。

というわけで、野球のスカウトが全国津々浦々を行脚《あんぎゃ》してめぼしい選手を発掘するように、春先の僕は、有望株を求めてご町内を駆けめぐる。

おもな視察先は、ホームセンターA店、B店、および野菜系に強い大型花屋C店。どこがいいとは一概に言えない。去年、A店のナスの育ちが良かったから、今年もまた、と思って手に入れても、結果が思わしくなかったり、キュウリならB店の○△という品種にかぎる、と出かけたらその年には同じ品種が置かれていなかったり。C店には品切れという事態もある。結局、足繁く現場へ通い、自分の目で見極めるしかないのだ。

用土や肥料や備品を買うために、週に一、二度はホームセンターへ通っているから、この時期には行くたびに野菜苗コーナーをチェックする。でも即決することは、まずない。

なにせ極小農園だ。植えられる苗はＴＫＮのうち２種。それぞれ４株程度。計８。ドラフト枠とほぼ同じだ。慎重のうえにも慎重に。たった４株のために、３、４キロ離れた二軒のホームセンターを自転車で往復することも少なくない。この情熱のすべてを小説に注ぎこめば、もう少しましなものが書けるんじゃないか、と己を訝しみつつ。

ホームセンターの場合、野菜苗は土日に大量に並べられることが多い。だから、今年はどこでどんな苗が出荷されているかを把握したら、週末に勝負に出る。日曜より土曜。午後より午前。僕は朝の遅い人間だが、頑張って少し早起きをして、現地へ赴く。確証があるわけではないけれど、早く出かけたほうが、それだけ手つかずの原石に出会える気がするのだ。

いざ店頭に立ったら立ったで即決はできない。今度はずらりと並んだ苗ケースの中から、最良の逸材を選りすぐらねばならないからだ。

毎度、悩ましい。プロ野球のスカウトは、選手の尻の大きさや、母親の体格や体質を見る、なんて話を聞くが、野菜の苗には、尻もないし、母親もいない。

裏金も通用しない。が、並んでいる中に「接ぎ木苗」を見つけた時は、某金満球団のように金に糸目はつけず（ひと苗の値段が１００～１５０円増しになる）、札びら（千円札１～２枚）を切る。

接ぎ木苗というのは、連作障害や病害に強い野菜（カボチャが多い）の台木にＴＫＮを接ぎ木したもの。さしずめ野菜苗界のＰＬ学園、東北福祉大学だ。

僕は苗を上からではなく横から眺めることにしている。丈に騙されてはだめだ。野球選手なら長身はプラス要素のひとつだろうが、野菜選手の場合、それは脆弱《ぜいじゃく》な徒長体質の証しで、むしろマイナス要素。

茎が太く、節と節の間隔が狭いものほどいい。葉は大きさよりも色艶、厚み、あるいは虫食いがないかが問題。以前、間引きの回で書いた、残す苗の条件と基本は同じだ。ひょろっとした体形より、ずんぐりむっくり系が好ましい。

プロ野球選手で言えば、ダルビッシュ有投手より、西武の中村おかわり君。中村選手には大変申しわけないが、ありていにいえば、女性ファンが少なそうなタイプほどいい。

この季節の僕はいつも、ホームセンターや花屋さんの野菜苗コーナーで、床下換気口点検中といった体勢でしゃがみこみ、スピードガンを構えるスカウトに等しい熱いまなざしを苗たちに送る。こっちのほうが節間が１センチ詰まってはいまいか、茎が

ドラフト1位
2位
極小農
極小農
極小農業
極小農業

1ミリ太くはないか、と。通行の邪魔になっていたとしたら、ごめんなさい。

こうして苗を選びに選び、きちんと植えた（自分ではそう思っている）以上、何も問題はないはずなのだが、それでも毎年、ドラフト1位の苗が期待どおりの成績を残すかといえば、そうとも言えない。2、3位、時にはドラフト外選手（数が足りず、急遽買い足した苗）のほうがすくすく成長することもある。

難しいもんです。何年やっても野菜はわからない。わからないから、面白いのだと思う。

とにもかくにも、いよいよ本格的な野菜づくりシーズン到来。さぁ、今年こそ、と意気ごんだ今回で、この連載は終わりです。

くだらない話ばかりの半年間、ご静聴、本当にありがとうございました。

２００９年３月27日

# 2章　極狭旅ノート

「トランヴェール」（JR東日本車内誌）
2013年4月号〜2015年3月号に収録

# 空白を旅する。

お暇でしたら、白地図を用意してみてください。日本全国の地図。ネットを探せば無料サンプルがいろいろあります。

あ、いま車内、ですか。東日本の路線図ならこの雑誌のどこかにありますので。残りは頭の中で想像していただくということで、よろしいでしょうか。

さて、では、問題です。

いままでに行ったことのある都道府県を塗りつぶしてください。単に通過した場所は除外して、街並みを歩いたり、食事をしたり、しっかり足を踏み入れた場所だけを。

「それなら知ってる。昔やった」という声がいま聞こえた気がしましたが、まぁまぁ。僕も若い頃、試した記憶がある。やけに真っ白で、自分の旅体験の少なさを思い知らされた。久しぶりにどうですか。だいぶ増えているかもしれない。僕もやってみます。

えっ？　とっくに全国を回っている？　そういう旅烏《たびがらす》な人はどうぞ他のページか駅弁

でも。

というわけで、鉛筆を手に塗ってみた。

北海道はオーケー。都合三回行っている。知床の露天風呂にも入ったし、函館のラッキーピエロのチャイニーズチキンバーガーも食べた。

青森は今年、三度目の訪問をしたばかりだし、岩手には取材やらなにやらで五回は旅をしている。東北もオールクリア、と思ったら、秋田がまだだった。

僕は埼玉出身なので関東地方はぐりぐり塗りつぶす。山梨や新潟もよくスキーに出かけた場所だ。親戚が多い長野や静岡もぐりぐり。

だが、ここから先が怪しくなってくる。

北陸で手が止まった。富山、石川、福井の三県はまっ白。関西も三重がまだだった。このへんが転校や転勤の経験がなく、行動的とはいえない日々を送ってきた東日本の人間の限界か。山陰も空白。四国も半分は白。九州も未踏県のほうが多い。沖縄は仕事がらみばかりだけど何度か。

僕の結果は、十四県が空白のまま。そちらはどうでした。ほぼすべて？　駅弁をどうぞ。

こうして地図の空白を眺めていると、なんだかむずむずしてくる。

途中で放り出して残りのピースをどこに仕舞いこんだか忘れたジグソーパズルを眺めているような。

大人数《おおにんずう》用の寿司桶の残りのネタを数えているような。

未《ま》だ見ぬ場所がやけに魅力的に感じる。いつかピースを埋めねば、という気になる。箸をのばさねば（いや、足か）と心が急《せ》く。死ぬまでに四十七都道府県すべてを踏破したいものだ、と切に願ったりする。

だが、こうも思う。空白が全部埋まってしまったら、寂しくはないか、と。最後の地に降り立ったとたん、「思い残すことはないのぉ」と呟いた拍子に入れ歯を喉へ詰まらせて、ぽっくり逝ってしまうことも考えられなくはない。

だから、一カ所だけ残しておこうか、とも考える。

でもどこを？

# お客さまの中に〜

「お客さまの中にお医者さまはいらっしゃいませんか」

飛行機の中で急病人が発生し、ＣＡが緊迫した声で呼びかける——ドラマや映画ではよくあるシチュエーションだが、僕は現実の世界では一度も遭遇したことがなかった。

というのは一年前までの話。去年のいま頃、この状況を初めて体験しました。ただし飛行機ではなく、新幹線の車内で。

僕がいた車両は後尾近く。アナウンスによると、急病人が出た車両は、ひとつ後ろだ。かなりの確率で駆けつける医師を目撃することになる。どんな人がやってくるだろう。僕はずっと通路の先のドアを見守っていた。はらはらと、というより、急病人には申しわけないが、興味しんしんで。

しばらくは誰も姿を現さなかった。どの車両も満席に近いように見えたが、医者がそうそう都合よく乗り合わせるものではないのか、とあきらめかけていたら、ついに一人現れた。

三十代とおぼしき、ちゃらいスーツを着た営業マン風。大股で通路を歩き、後方に消えていく。あまり医師らしくはない。

人を見かけで判断してはいかんよね。でも個人的にはあの人に診察されたくはないな。「ヤバいっすよ、この症状。おすすめは手術。いまなら点滴増量サービス実施中‼」なんて言いそうだよ、などと考えていた、ほんの一、二分の間に男が戻ってきてしまった。

そうだった。ここと隣の車両の間にはトイレがあるのだ。まぎらわしいよ、あんた。

結局、医者らしき人物は現れなかった（病人は東京駅でストレッチャーに乗せられていたが、大事には至らなかった模様）。

その時に僕は思った。こういう場面でおもむろに席を立てたら、かっこいいのに、と。

アナウンスで小説家が呼ばれる状況がはたしてあるだろうか、と。

「お客さまの中に看護師さんはいらっしゃいませんか」

これも良くあるだろう。

「お客さまの中にパイロットはいらっしゃいませんか」

状況が恐ろしいが、可能性はありそうだ。

「お客さまの中に警察の方はいらっしゃいませんか」

オリエント急行みたいなシチュエーションですね。

「お客さまの中に相撲取りの方々はいらっしゃいませんか」

暴漢を取り押さえるとか、機体や車体の重量バランスを取る必要に迫られたケース。

だが、考えるまでもなく、

「お客さまの中に小説家はいらっしゃいませんか」

これは、ない。緊急時に役に立たない職業のランキングがあれば、小説家はかなり上位にランクインするに違いない。自分は世の中の何かの役に立っているのだろうか。

そんな根源的な自問に、心がへこむ。

呼ばれたら、朗読でも、即興のショートショートづくりでも、できることはなんでもするんだけど。

# 鈴木さんにはわかるまい

荻原《おぎわら》というのは本名なんですが、こいつがけっこう難儀な名字で。必ずといっていいほど萩原に間違えられる。ここでこう書いていても「え、どこが違うの」「あれ、これを書いてるやつ、ハギワラって名前じゃないのか」なんて首をかしげられそうでコワイ。

病院やらなにやらの受付カウンターで「ハギワラさーん」と呼ばれても、僕は躊躇なく立ち上がる。領収書に名前が必要と言われたら、口頭で伝えず紙に書く。子どもの頃から間違われ慣れしている悲しい性《さが》だ。

本屋さんで「は行の作家」のところに自分の本が収まっているのを見かけたのは一度や二度じゃない。さすがに自著の表紙の名を誤植されたことはないが、じつは巻末の著者紹介が「萩原」になっている本が一冊ある。

かつて「萩原でも荻原でもどっちでもいいよ！」というネタを芸人さん（フカワだ

かデカワだかいう人）がやっていたが、良かぁない！

ついこのあいだも、神社で護摩札を受け取りに行った時、やけに待たされた。窓口の背後には氏名をあいうえお順に仕分けしてある棚があり、係の人はこちらが名乗ったとおり「お」の棚を漁《あさ》っているが、見つからない。ああ、いつものあれか、と見かねて声をかけようとしたとたん、「は」の棚から出てきた。

だが、日本は広い。おそらく唯一、荻原姓が珍しくない土地がある。長野だ。長野県民の名字ランキングで「荻原」は、51位だそうだ。なんと「加藤」（48位）と僅差。「吉田」や「松本」より上。うふふ、嬉しい。この気持ち、鈴木さんや佐藤さんにはわかるまい。

たぶん一族のルーツが長野にあるのだと思う。実際、父方の祖父は長野県出身だし、親戚もたくさんいる。子どもの頃は夏休みのたびに長野へ行った。新幹線のまだない頃だから、高崎線と信越本線でとろとろと。埼玉生まれの僕にとって、東京と変わらないぐらい身近な場所だった。

長野へ行くと、よそではめったにお目にかかれない看板をあちこちで見かける。「荻原屋」「荻原農園」「荻原製作所」。別に親戚ではないのだが、他人とは思えない。外国で日本語の看板を見つけた気分だ。おお、君たちも頑張っているのだな、萩原に負けるなよ、と心の中で声をかけてしまう。

それにしても、これだけ自分の名を連呼する文章を書いたのは初めてだ。気恥ずかしくなってきたが、最後にもうひとつだけ。

じつは荻原姓には「おぎわら」「おぎはら」二通りの読み方がある。うちの場合、正式には、さらに少数派の「おぎはら」なのだそうだ。

かんべんしてくれ。「荻・萩」問題だけでさんざん苦労しているのに。

兄や弟は律儀に「正式」を守っているが、僕は、これ以上ややこしいことはごめんだから、学生時代からずっと「おぎわら」で通している。履歴書も申請書類もパスポートも。勝手に名前を変えてしまっているわけですが、特に何の問題もない。戸籍って案外いい加減なものです。

## それでも空は青い。

青森へ行ってきた。

つらい理由だった。

三十年来の友人が急死し、その葬式に出るためだ。

昔、僕が広告の会社に勤めていた時の同僚だ。横浜でフリーのグラフィックデザイナーをやっていた。僕と同い年、五十六歳だった。

大酒飲みで、半年前、最後に（病院以外で）会った時もいつもどおりばかばか飲んでいた。癌と診断されてから亡くなるまではたった一カ月。嘘だろ、としか言えない死だった。

　火葬は横浜ですませたのだが、彼と奥さんは同郷で、家族や親類の多くが青森にいる。だから、葬儀はこっちでということになったのだと思う。五所川原市の金木という町だ。

青森には何度か行っているけれど、初夏に訪れたのは初めてだ。よく晴れた日だった。日差しは強いが、風は涼しい。喪服を着て、暑くも寒くもない日なんて東京じゃそうあるもんじゃない。

涙雨とか、心が天に通じたとか、冠婚葬祭のとき、人はその日の天候にからめた感傷的な言葉を口にするけれど、人間の事情とは何の関係もなく、雨は降る。空は晴れる。火葬した日は雨だった。

金木はきれいな町だった。桜の花とりんごの花が同居していた。ヤツがよく自慢していた。「俺の家、太宰治の生まれた家の近くなんだ」と。

どうせ同じ町内というだけだろうと思っていたのだが、本当に太宰の生家「斜陽館」のすぐそばだった。そもそも小さな町だから、町全体が隣近所みたいな感じなのだ。

その日のうちに納骨した。太宰治の一族と同じ菩提寺で、墓まですぐ近所だ。青森では骨壺を納めるのではなく、参列者が骨を拾い、直接、墓石の中に入れて土へ還す。死ぬにはまだ早い、と参列者は言っていた。僕もそう思う。でも「早すぎる」とは思いたくない。

僕の若い頃の広告業界は馬鹿みたいに忙しかった。僕らがいた会社もそうだった。徹夜は日常茶飯。何日も家に帰れないのも当たり前。そのくせ、少し時間が空けば、酒を飲みに行っていた。チーフデザイナーだった彼は、誰よりも寝ていなかったはずだ。

だから、彼は、他人の一生分の昼間を生きたのだと思いたい。ここ数年は昔の罪ほろぼしみたいに、奥さんと毎月のように温泉旅行へ出かけていたというし、娘も結婚した。やることは、やったのだ。

僕が同い年だからか、「(身体の)検査はちゃんとしたほうがいいよ」と何人もの人間に言われた。彼の奥さんにも(彼もひと通りの健康診断は受けていたそうだ)。でも、僕が考えたのは違うことだ。

もう死ぬのが早すぎる年齢じゃないのだから、好きなように生きよう、だ。

人の死は不公平なくじ引きだ。くじが当たってしまうまでは、生きなくては。「死にたい」なんて言う奴は、もう少し生きたいと思っている人間に寿命を分けてやれ。

# 国境の長いトンネルを抜けると、またトンネルであった。

トンネルの数をかぞえるためだけに、電車の旅をしたことがある。東京から上越新幹線と特急を乗り継いで、直江津《なおえつ》の先の日本海沿岸まで。

別にトンネルを偏愛するマニアなわけじゃない。心に深い傷を抱えていたわけでもない。トンネルをモチーフにした短篇小説を書くためだった。

四年前の春だ。東京駅で買った朝飯の駅弁を食べながら、山間部に近づくまでのしばらくは、のんびりと風景を眺めて過ごした。

僕は、旅の電車の窓から風景を眺めるのが好きで、一人だったり、同行者が寝ている時には、たいてい外を見ている。長旅の場合、本の一冊ぐらいは持ってきているのだが、ほとんど読まずに、ただただ外を見る。

埼玉南部と東京区部、山がまともに見えない場所でしか暮らしたことがないから、山を眺めるのが好きなのだ。田んぼや畑を見るのも好きだ。電車がトンネルに入ると、ようやく本をめくる。へえ、トランヴェールなんて車内誌があるのか、と初めて気づいたりする。

その時はまったく逆だった。風景を眺めない旅。暗闇を見つめる旅だ。

高崎を過ぎると、とたんに忙しくなった。ただ数をかぞえるだけでなく、それぞれのトンネルを通過する所要時間を計り（最長は大清水トンネルの八分超。最短は名前のわからないトンネルの数秒）、電車が入る時と出る時の音に耳を澄まし、構内を照らす誘導灯の色や位置も逐一メモを取る。トンネルを抜けるたびにすかさず車外の風景を撮影。完全に不審者だ。隣に乗客は居なかったが、もし居たら気味悪がられただろう。

もちろんトンネルが多いことを承知のうえで選んだルートだったが、それにしても多かった。そして長かった。越後湯沢でローカル線に乗り換えてからは、三分の二ぐらいの時間、トンネルの中を走っていたと思う。

不思議な体験だった。ふつうはトンネルが車窓の風景を遮断する異空間なのに、トンネルに長く居続けると、たまさか現れる窓の外が異空間に思えてくる。

実際、長いトンネルの先に現れる光景はシュールだ。街と呼べる場所を通過していたのに、しばしの闇の先が深い森に変わっていたり、入る前は青かった空が、山を抜けたら雨模様になっていたり。フラッシュバックを多用した映画を観ている感じだ。

　細長い暗闇ばかり眺めていると、いきなりの光がとても眩しい。押し寄せる色彩に頭がくらりと揺れる。胎児が母親のお腹から出てきた瞬間は、こんなだろうな、なんてことを考えて、短篇の中にもそのことを書いた。

　ちなみにトンネルの数はいくつだったのか。小説には書かなかったので、この文章を締めるために、あの時の取材ノートを探してみた。が、捨てた覚えはないのに、まるで見あたらない。狭い仕事場なのだが、整理整頓とは無縁で、資料や原稿があちこちに地層を築いているからだ。うむむ。こっちの薄汚い異空間はなんとかしなくては。

# リス、スイカ、カメ、メルカトル図法

長旅はヒマですよね。

しりとりでもしませんか。

では、しりとりの「り」から。はい。


旅行の時、電車の中でやるゲームとして、しりとりは最強だ。道具がいらない。何人でも参加できる。気軽に始められて、いつでもやめられる。金もかからない。

うちの家族は、子ども二人がもう成人してしまったが、たまさかの家族旅行の時には、いまだにやっている。というか、全員が大人になって初めてしりとりの奥深さを知った。

しりとりを舐《な》めてはいけない。子どもたちが小さい頃は、

「リス」「スイカ」「カメ」「メダカ」「カッパ」「パリ」「リス」「リス、もう出た」

なんていう子どもだましの遊びだったのが、わが家ではいまや、己《おの》が知識と頭脳とプライドを賭した真剣勝負だ。なにしろ、長年やっているうちにルールが複雑化している。

たとえばジャンル縛り。使える語彙《ごい》を「食べ物」「地名」「人物」などなどに限定する。

「リンドバーグ」「具志堅用高」「宇多田ヒカル」「ル？　ル、ル、ルルルル」

という具合に。

「人物」をさらに細分化した「ミュージシャン縛り」になるともう、息子と娘の独擅場だ。僕の中古の脳味噌が引っぱり出せるのは昔の人ばかりで、家族四人中、本人以外の三人とも知らない言葉はNGという決まりだから、同じ中古頭の奥さんが覚えていなければ、アウト。

「ル……ルイ・アームストロング」

「プロレスラー？　はい、アウト」

「ええええっ」

文字数縛りというルールもある。つまり、「五文字縛り」の場合、

「リクエスト」「唐辛子」「新聞紙」「新宿」「黒ビール」「ル？　ルルルル……ル？」

こんな感じ。文字数とジャンル、両方縛りにすると、かなり壮絶なバトルが楽しめる。

最近のわが家は「文字数アップ」という新ルールも採用している。最初は二文字、次は三文字とだんだん文字数を増やしていくのだ。

「リス」「スイカ」「カツレツ」「ツキミソバ」

そうそう、しりとりの効能がもうひとつ。お互いの心のうちがわかってくる。知らず知らず一人一人の潜在意識が表に出るのだ。食べ物縛りでもないのに、食べ物関連語が多くなっている時は、そろそろ食事にしようという全員の無言の声だったりする。

「バーベキュウ」「ウランバートル」「ル、ルルルル？」

そして、もうお気づきですね。しりとりの必勝法は「る」で終わる言葉で相手を攻撃すること。逆に言えば、「る」で始まる言葉をたくさん覚えておくのが最大の防御法なのだ。

というわけで、しりとりの意外な奥深さ、ご理解いただけましたでしょうか。では実践してみましょう。中級篇の五文字縛りあたりで。しりとりの「り」から。最初はこちらからいきましょうか。

リサイクル。

# アイデアは電車の外に落ちている。

小説家をやっているとしばしば聞かれる。

「アイデアはどうやって出すのか」

こっちが教えてほしい。それさえわかれば、借金の取り立て屋のように容赦なく足音高く近づいてくる締め切りに、脂汗を流したり、髪の毛を掻きむしったり、逃亡しようかと半ば本気で考えたり、掲載号が白紙のまま世に出る夢に魘《うな》されたりはしないだろう。

残念ながら僕は、こんこんと泉のようにアイデアが湧き出す脳味噌を持ち合わせてはいないので、小説の題材や、展開や、核心となる言葉などなどは、出てくるまでひたすら待つ、というのが基本姿勢だ。

「出てくる」と言っても「ひねり出す」感じではなく、ある時突然に、にわか雨みたいに「降ってくる」と言ったほうが現状に近いだろうか。いつ降るのか、どのくらいの降雨量なのかは、自分ではわからないし、お天気お姉さんも教えてはくれない。

ただ、何年もやっているうちに、経験則としてわかってきたこともある。それは、じっとしていてもダメだということだ。

机に自分を縛りつけ、パソコンのモニターとにらめっこしていても、良いことはまずない。目を閉じて瞑想《めいそう》するというのも、大きな効果は期待薄。昔々の科学者には風呂の中で大発見をした人もいるけれど、長風呂は苦手だから、これもダメ。

僕の場合、アイデアが降ってくるのは、たいてい移動中だ。歩いている時。仕事場まで自転車で通っている最中。電車に乗っている時。そのたびにあわててメモしたり、頭の中に浮かんだ言葉を繰り返し暗唱して仕事場へ急いだりしている。

だから、アイデアに詰まったら、とりあえず部屋から出る。歩く。自転車で走る。ときには行き先もないのに電車に乗る。

これは別に個人的なジンクスなどではなく、あんがい理にかなっていて、ほかの人にもあてはまるのではないか、そんな気がする。

僕は昔、広告制作の仕事をしていたのだが、駆け出しの頃、会社の先輩にはこう言われた。

「アイデアが浮かばなければ、山手線に乗って一周してこい」

ようするに、人間の脳味噌というのは、体が適度に動いていたり、視神経から常に新しい情報が送りこまれる環境に置かれると、回転が良くなる。そういうことではないだろうか。その分野の専門知識があるわけではないし、きちんと調べたわけでもなく、ただの勘で言っているだけなのですけれど。

車中にいらっしゃる、あなた。もしいま何かのアイデアをお探しなら、とりあえず窓の外を眺めてみてはどうでしょう。

過去の経験から言えば、思いつめすぎてもダメ。といってすべてを忘れてただぼんやりでもダメ。「自分は何を考えるのだっけ」と他人事みたいに思い返しながら、目まぐるしすぎないやや遠めの風景を、追うともなく追う。

見渡すかぎりの稲穂のあいだとか、何かの形を想像させる雲の中とか、アイデアは思わぬところに落ちていたりするものです。

# お弁当は、イベント。

駅弁、好きです。このトランヴェールも、掲載誌が送られてくると、自分のページより先に、巻頭の今月の駅弁に見入ってしまう。

ふだん折り込みチラシなどろくに見もしないのに、デパートの駅弁フェアの告知チラシを見つけたら、熟読する。場所と時間が許せば、実際に買いに出かける。で、持ち帰ったわが家の食卓や、デパートの屋上のベンチで食べながら、ふと思うのだ。

あれ、なんか違うぞ、と。

うまいことはうまいのだけれど、何かが足りない違和感があるのだ。ラーメンにメンマが入っていない時のような。マスタードのないホットドッグを食べているような。

そう、足りないのは、電車だ。

ひと箸ごとに移り変わる車窓の風景がない。微《かす》かな振動や、窮屈な折り畳みテーブルや、飲み物を置く窓の手前の出っぱりがない。

駅弁は電車という舞台装置があってこその食べ物だ。いや、単なる食べ物ではなく、旅の中の小さなイベントだ。

まず、選ぶのが楽しい。

仕事の旅か、プライベートな旅行か、行きか帰りか、で何を選ぶかも変わる。

大勢の人の前で喋る、なんて仕事がたまさか控えている場合は、満腹にならない量で、なおかつパワーがつきそうなもの。帰りの旅だとしたら、ビールのつまみになるかどうかが重要だったりする。

五十半ばをすぎたいまも僕は、ばりばりぎんぎんの肉食系（食べ物に関してだけですけど）なのだが、駅弁を選ぶ時にはなぜか、あっさり和食系のものに心をひかれる。たぶん頭の中で、肉食獣の僕に、禅坊主のごとく悟ったもう一人の僕が、「喝」と叫びつつ警策で叩いているのだ。肩ではなく腹囲を。せっかくの駅弁なのに、肉でいいのか。ご当地牛ならスーパーでも売ってるぞ。ここの山菜を食わずして、この土地を語れるか、と。

弁当と飲み物の袋を抱えて、席に着いたら、今度はいつ食べはじめるかを考える。

東京発の場合、ごちゃごちゃした街並みを眺めて食べるより、景色のいい場所になってから、なんて算段をする。結局、我慢できなくて、埼玉とか横浜の先とか中途半端なところで蓋を開けてしまうことが多いのだけれど。

　帰りの車内では、ビールを二缶買って、うん、最初の一缶はビールに専念、二缶目の途中からおかずをつまんで、というようなささやかなイベント企画をする。それなのに、たいていの場合、一缶目から弁当を開けてしまい、白飯がつまみになったりする。

　なんなのでしょうね、あれ。蓋の掛け紙を眺めているうちに、ついふらふらと綴《と》じ紐《ひも》をほどいてしまう。駅弁の魔力なのか、匂いに誘われるのか、僕が単にアホなのか。

　さて、開けてしまった以上、食べはじめる。そして思うのだ。

　あれ、なんか違うぞ、と。

　電車の中でも、やっぱり思う。この違和感の正体は、あっちの駅弁を選んだほうが良かったか、という後悔だ。

　これはこれで駅弁の醍醐味《だいごみ》。

# 妖怪、雨女

どっちかというと、雨男だ。

旅に出た先では、天気が良くないことが多い。最近の旅行に関していえば、二連敗中。山梨へ二泊三日で出かけた時は、二日間が雨だった。九州へ行った時には、東京は晴れていたのに、空港に降り立ったとたん、どしゃ降り。

旅先ばかりじゃない。この原稿を書いている数日前には、野外で取材を受けるという仕事が二日連続で雨に祟《たた》られ、結局、場所が室内に変更された。

雨男。あるいは雨女。考えてみれば、妙な言葉だ。人間の力で天候が変わるわけがない。だが、一度レッテルを貼られたり、自称してしまったりすると、とりかえしがつかなくなる。

山梨から帰る日も雨だったが、せっかく近くまで来たのだからと、ダメモトで富士山の五合目に登ったら、山の上は奇跡のように晴天。一緒だった奥さんは自慢げだった。「私が晴れ女だからだね」

いや、それは違うぞ、と思いつつ、雨男の肩身はなぜか狭くなる。

これって、「バーナム効果」だと思う。

バーナム効果は、「誰にでもあてはまることを、まさに自分自身のことだ」と思いこんでしまう人間心理。血液型診断とか星座占いなんかを「当たってる」と感じてしまうのも、このためだと言われている。「ときには怒ることもあるが、あなたは本来、優しい性格」「あなたは、他人が評価する以上の能力を秘めている」そう言われたら、あなたはイエスと答えるでしょ。じつはみんなもそう。

「あなたが外出すると、雨になることが少なくないですね」

こんな質問に「イエス」と答えたら最後、あなたはもう雨男、雨女に認定だ。

そう、雨男、雨女、などというものはこの世に存在しない。迷信と思いこみの産物。完全否定したい、と雨男は思う。思うのだが、世の中にはまだまだ人知を超えた怪奇が存在することもまた、否定しきれない。

なにしろ僕は、妖怪並みの雨女を一人知っている。ほかでもない、僕の母親だ。

子どもの頃から、母と出かける時には、雨がよく降った。家のドアを開けたとたんに降ってきた、なんてことも珍しくなかった。

めったに母と二人で外出しない父が、ある時なにを思ったか、プロ野球観戦に誘い、夫婦で出かけた。母の初めての野球観戦。快晴の日だった。プレイボールの声がかかった瞬間、音を立てて雨が降り出し、ピッチャーが一球も投げないうちに試合は中止――

兄弟やいとこと子ども連れで海辺に何泊かした時、二日目に実家の母親から連絡があった。「私も行く」みんな、蒼ざめた。こりゃあ、まずいぞ。翌日、「もうすぐ着くわよ〜」母が駅から連絡を寄こしてきたとたん、空がにわかにかき曇り、雷鳴が――実話です。日照り続きの土地へ行けば、神になれるだろう。

ここ数年は、母が遠出をしても雨は降らなくなった。誰もがこう言う。

「年のせいで魔力が薄れた」

結局、妖怪扱い。かわいそうな雨女。

# 逆デジャヴ

初めての場所なのに、なんだか懐かしくて、いつか見たことがある気がしてくる。いわゆるデジャヴってやつ。ご経験ありますか？　僕の場合、子どもの頃には多かった気がする。

遠足だか林間学校だかで、てくてく田舎道を歩いているうち、いきなり開けた風景に、おお、ここ、久しぶりだな、と思う。

当時の僕へ、ちびまる子ちゃんのナレーション風にツッコミをいれるとしたら、久しぶりのはずはない。地名すら初めて聞いた場所なのだ。

修学旅行の自由行動の時、たまたま入りこんだ路地に、いやぁ、懐かしいな、などと感慨にひたる。懐かしいって、お前、新幹線に乗ったの、初めてだろうに。

あれ、なんなのでしょうね。デジャヴの原因に関しては、諸説あるようだ。

①脳の回路の混線。つまり脳内に入ってきた信号が「認識」に至る前に、記憶の回

路を通ってきてしまう。

②人間の脳は、類似した記憶がいくつか合致すると細部をすっ飛ばして「見たことがある」と思いこむ。言ってみれば、曖昧な目撃証言を積み重ねただけの誤認逮捕ですな、警部。

③すでに見た夢の記憶である。フロイト説。フロイトさんたら、ほんとにもう、夢オタクなんだから。

④じつは物心つく前に、自分はそこから養子あるいは里子に出されていた。

ちなみに、④は僕が勝手につけ加えました。定説はまだないってことですかね。年を経て脳が固くなってきたのだろうか、このところ、デジャヴらしいデジャヴは経験しなくなった。かわりに増えているのが、逆デジャヴだ。

行ったことがあるのに、そこが初めての場所に思えてしまうのだ。

先日、都内で法事があった。集合場所は聞き覚えのないお寺。

行き方がわからないのでタクシーに乗り、ファックスで送られてきた地図を運転手さんに丸投げした。結局、運転手さんも道がわからず、途中で車を停めてもらい、見つけた寺への矢印標識を頼りに歩き、辿り着いてから、ようやく思い出した。数年前にも同じ寺に来ていたことに。

僕は関東の人間なので、熱海や箱根、伊豆あたりにはくり返し出かけている。だが、確かに来たことがある街なのに、この頃、駅を降りて首をかしげることが多い。え、ここどこ？　しかも、いつ誰と何をしに訪れたのかもまるっきり覚えていない。

こちらは何が原因なんだろう。

違っているのは、記憶ではなく、街そのものかもしれない。

街は生き物だ。時が経てば別の場所に変わってしまう。良くも悪くも。街中の建物のひとつが壊され、新しい建物ができると、前に何が建っていたのかを思い出せない、なんてこと、ありますよね。

いや、なに、自分の記憶力が衰えていることの言いわけをしているだけですけれど。

## 故郷の温度差

一月に東京から実家のさいたま市（大宮）へ帰省してあらためて思ったことがある。大宮は東京より寒い。

大宮の住民の多くは、自分たちの住む場所を「東京のようなところ」だと思っている。東京都民がどう思おうと。なにしろ東北本線に乗れば十数分で都内（北区）に着く。東京駅までは三十キロ。テレビ東京も映る。実家の最寄り駅の名前なんて、都じゃないのに「さいたま新都心」だ。

だが、やっぱり違う土地なのだ、と故郷の駅のホームに降り立った時の風の冷たさで知ることになる。

そういえば、地球温暖化やヒートアイランド現象のせいかもしれないが、埼玉から東京へ出てきて不思議だったのは、真冬でも地面が霜でざくざくいわないことと、バケツの水が凍らないことだった。三十キロ離れただけなのに。

日本は狭いようで広い。

昔、僕がフリーランスになる前に勤めていた広告制作の会社は、たかだか十数人しか社員がいないのに、北は北海道から南は沖縄まで、いろいろな地方から出てきた人間が揃っていた。

ふだんはみんな渋谷でお買い物したり、六本木に飲みに行っちゃったり、僕もふくめてすっかり東京の人間みたいな顔をして、訛《なま》り？　何のことっすか？　なんて感じで日々を過ごしているのだが、ときおり思わぬところで出身地が顔を出す。

長く仕事のコンビを組んでいたグラフィックデザイナーは、沖縄の石垣島出身で、季節物の広告のアイデアを練っているときに、しばしば意見が食い違った。たとえば、「五月といえばアサガオでしょ」とそいつは言う。「いや、アサガオは七月だよ。ほら、夏休みの自由研究とか」と僕は反論する。石垣島では、アサガオは春に野山で咲くものらしい。

北海道旭川出身のコピーライターは、冬になるたび、同郷の他社の営業マンと挨拶がわりに旭川の空模様について語り合っていた。

「昨日は十八度になったってさ」

「今日あたり二十度を超えるって」

この場合の二十度というのは最低気温のことで、氷点下の数値だ。最高気温ですら零下が当たりまえだから、いちいち「マイナス」なんてつけないのだ。

九州出身の人間は「東京は日が暮れるのが早い」と嘆いていた。山笠の頃の博多は八時近くまで明るいのに、と。

青森出身の男は、スキーがうまいらしいのだが、スキーに行こうと誘っても、話に乗ってこなかった。「スキーは遊びじゃない。交通手段だ」

たまさか雪が降って、東京生まれ（しかも渋谷１０９の近所）の経理のコと、東京のようなところ出身の僕がはしゃいでいると、飛驒高山の先輩社員から、遠い目をしてこう言われた。「雪の何が楽しい」

すみません。「大宮は寒い」なんてまるっきり甘いですよね。言ってみたかっただけです。故郷を三十年以上離れてしまった人間としては、ちょっと嬉しいのだ。「東京のようなところ」じゃなくて、埼玉で生まれたってことが。

# 自転車の速度

このあいだ、自転車で瀬戸内海を渡ってきました。

と言えば、驚いてくれる人、けっこういるんじゃないだろうか。

本州四国連絡橋の尾道・今治ルート。通称「しまなみ海道」は、自転車で横断することができるのだ。広島から愛媛まで、瀬戸内海に飛び石みたいに浮かぶ島々を八カ所の橋でつないだ道で、自転車道は全長およそ70キロ。楽しかった。完走はできなかったけれど。

旅先でちょっと遠出をする時、僕はレンタカーではなく、しばしばレンタサイクルを利用する。

去年は河口湖を一周して岸辺ごとに表情が違う富士山を眺めてきた。

もう車には何年も乗ってなくて、運転が下手なせいもあるのだが、自転車で走るのが好きなのだ。家から仕事場までも、毎日自転車通勤している。

以前、座敷わらしを題材にした長篇小説を書くために、何度か岩手県の遠野へ取材に出かけた。この時もいつも自転車を借りて、あたり一帯をぐるぐる駆けまわった。遠野の場合、駅前の観光交流センターへ行けば、荷物を預けられ、自転車が借りられ、河童《カッパ》捕獲許可証（！）も買える。

物語の舞台となる、主人公一家が転居する古民家を探したり、子どもたちが通う学校や一家が買い物をする店の目星をつけたり（小説に出てくるのはあくまでも架空の町で、実際の遠野とは異なります。念のため）。

季節によって風景はどう変わるのか、田んぼはどうなっていて、畑ではどんな作物がつくられているのか。果樹園の中を覗き見したり、たまたま挨拶をかわした農家の人に、牛小屋を見せてもらったりした。

行きたかった場所へ行くには電車や車や飛行機が必要だし、自分の足で歩かなければわからないこともある。どちらも旅には欠かせないが、僕の場合、そのもうひとつの選択肢が自転車だ。

あの風景の先に何があるのか見てみたい、と思った時、時間や体力に躊躇せずにすむ。徒歩より三、四倍足をのばせる。

スピードを出して「通過」するだけでは見逃してしまうものに気づける。好きな時に立ち止まれ、脇道にもすいすい入れる。

遠野では、牧草の匂いで牛小屋があることに気づいた。

今回の「しまなみ海道」では、通りがかりの地元の人に評判の店を教えてもらった。夏の高原を走ると木陰の涼しさがわかるし、冬の田舎道を走れば風の冷たさを否応《いやおう》なしに知ることができる。

なぁんて書くと、いかにもヘルメットやウェアを本格的に揃えたマニアであるかのようだが、借りるのはいつも乗り慣れたママチャリです。ただし変速ギアがしっかりしたものを選ばないと、後で苦労する。

自転車を漕《こ》ぎながら思うのだ。旅にかぎらず世の中はとかく「さぁ急げ」と「ゆっくりいこう」がしのぎを削り合うけれど、その中間だってあるのでは、と。

# お土産問題

さて、問題はお土産《みやげ》です。

何を買って帰りましょう。

「お土産なんか気にしないで」なんて出がけに言われた日には、気にしちゃいますものね。誠意とか愛情とかセンスとか、あれやこれやを問われてる感じで。

え、もう買った？　帰り道？　網棚に載せてある、と。

ああ、なんだ。

それは良かった。

うん……問題ない……。

あのぉ。

で、何を買いました。

老婆心ながら、良いのでしょうか、網棚の上のその品で。ほんとうに。念のため、心配性の老婆の心で問いかけていいですか。ほんにええのじゃろか。

しつこい？

あ、すみません。もうやめます。

しつこいようだが、お土産は悩ましい。かつて会社員だった頃の僕は、頻繁に出張のある職種ではなかったから、たまさか仕事で旅に出ると、家族や同僚の期待に沿うべく頑張った。「いやぁ、時間がなくて、こんなのしかね」と言いながら、けっこう時間をかけて選んでいた。

やっぱりご当地の定番物が無難か。でも、「またか」感が強いしな。有名すぎるお土産は、初めてのはずの人間まで「またか」という顔をするものだ。今回は受け狙いに走るか。いやいや、受けたはいいが、あまり手を出されない品の（そういうのにかぎってやたらとハデな）パッケージが、いつまでも放置されたままという状況は、ひどく物悲しい。

いまは個人営業だから、職場にひと品、と気をつかうことはないが、仕事でもプライベートでも、旅に出れば、やっぱり誰かに何かしらを買う。

ああ、面倒くさいと思いつつ、じつはけっこう楽しいです。土地土地の土産物売場を徘徊《はいかい》するの。この機会を逃したら、目の前の品々とはもう会えないかもしれない、という緊張感が醍醐味だ（近くのデパートで売っていることを後で発見することもたまにあるけれど）。

有名キャラクターのご当地バージョンのキーホルダーは必ずチェックする。名産品を頭に載っけたり、着ぐるみのように着こんだり。ここまでやるのか、という地方巡業中のアイドルみたいなけなげさに、いつも心を打たれる。

自分へのお土産は、たいてい酒だ。旅を言いわけに、ふだんは買わないような経済効率（総アルコール量÷価格）の悪い品につい手を出してしまう。

旅先で「おお、これはうまい」という食べ物に出会って、そのお土産版を家に買って帰った時は、往々にして首をかしげることになる。品物に罪はない。初めての味だったから感激して、できたてをその場で食べたから、うまかったわけで。

ああ、やっぱりあの味は、またあそこに行かねば味わえないのであるな、としみじみ思うのも、旅情のひとつでありましょうや。

# 花の命は短くて

珍しく旅づいている。この三週間で、茨城、宮城、静岡、京都・奈良に出かけた。三週間のあいだに手にする荷物がどんどん少なくなっていった。暖かくなって着替えが薄着になったからだ。

季節が巡るのは早い。宮城にはまだ残り雪があったのに、静岡では上着が邪魔だった。

茨城では梅を観に行き、京都では桜を観た。だから今回はその時の話でも、と思ったのだが、考えてみればこの原稿が出るのは、五月だ。もう散ってしまいましたよね、桜。

花の命は短い。

桜の季節に電車で旅をするとよくわかる。北のほうへ出かけると、窓の外の桜の咲き具合が、いくつかの駅を過ぎるたび、長いトンネルを抜けるたび、まばらになる。

北から戻る時は逆だ。枝先にポップコーンが弾けているような一分咲き、三分咲きで、ああ、あの木は桜なんだな、とわかる程度の車窓のむこうの開花が、しだいに五分咲きになり、七分咲きになり、到着した時には綿あめみたいな満開の桜に出迎えられたりする。

低地から山間部に行く時と戻る時も同じ。この時期に日本列島をはるか上空から眺めたら、点描の桜色のグラデーションが見えるんじゃないだろうか。

同じ場所でも花姿は日ごとに変わる。今回の旅では、京都と奈良のあいだを二日連続で往復したのだが、一日目と二日目では、沿線の桜の様子があきらかに違っていた。満開の桜は一年のうちのたった数日。だから桜は良いのだ、日本人は桜が好きなのだ、という言葉は確かにそのとおりだ。にしてももう少しなんとかならないものか。

前々から予定していた花見の日に、ちゃんと桜が咲いていてくれたことが何回あったろう。まだこれからの（あるいはだいぶ散ってしまった）花見スポットで、いちばんまともな桜の木を探し、満開っぽく見えるアングルの写真を苦労して撮る、なんてことが何度あっただろうか。

首尾よく満開の桜の下にビニールシートを敷いたとしても、なにせ天候が不安定な時期。雨がぱらついてきたり、まだ寒かったり。

『花の命は短くて
苦しきことのみ多かりき』
花も大変だろうが、それを眺めに行く人間だって苦労する。まぁ、花見に行っても、酒を飲み、食べ物を広げたら、ろくすっぽ花を見なくなるのですけれどね。
時期はずれ、などと言いながら、延々と桜の話をしてしまったが、もしあなたがこれを読んでいるのが五月上旬なら、北東北はまだ花見のシーズンだ。どうですか窓の外は？　電車で花見というのも乙なものですよ。
中旬だとしても山間部や北海道ではまだまだ。ヤエザクラも頑張っているかもしれない。これを書いているのは四月ですので、保証はできませんが。
下旬なら――あ、ほら、あそこ。あじさいだ。

# 知るべきか知らざるべきか。

旅に出る前に、旅先のことをどれぐらい知っておくか。初めて、あるいは久しぶりに行く観光地の場合、僕はけっこう悩む。

だってほら、知ってしまうと面白くないでしょう。

ただでさえいまは、あらゆるメディアに情報があふれている。その気になれば、グーグルマップで横丁の様子まで覗けてしまう。日本各地、世界各地の名所や絶景はテレビや雑誌、その他もろもろによって勝手に目に飛びこみ、行ったこともないのに網膜に焼きついてしまっている。

富良野？　ああよく知ってますとも。街道沿いのラーメン屋さんがうまいんですよ。行ったことはないけど。

マチュピチュ？　あそこはもうダメでしょ。手垢つきすぎ。おすすめはしませんね。行ったことはないけど。

これじゃあ、いかん、と思うのであります。

既知をなぞるだけなら旅をする意味はない。旅とは発見であり、未知との出会いであるべきなのだ——

と拳を振り上げつつ、振り下ろしたその手で僕がこそこそとガイドブックをめくったりするのもまた、事実であります。

だって純粋に観光で旅をする機会って、めったにないんですもの。知らない街を気ままに一人旅するフーテンの寅さんタイプの人間でもないし。せっかくの旅だ。「おいらの行き先はカラスにでも聞いておくんな」なんて唇に葉っぱをくわえてる場合じゃない。最低限の知識は得ておきたい。

この最低限が、難しい。

さっき言ったように、情報は夏の羽虫のようにぶんぶん飛びこんでくる。名物の食べ物はなんじゃろな、とネットを開いたとたん、たちまち☆マークのついたランキングが、いち押しメニューとともに並んでしまう。

ガイドブックでアクセスだけ調べようか、なんて思っても、必要な事項に辿り着く前に、目的別モデルコースや、名所・景勝のベストショット写真を眺めるはめになる。

かんべんしてくれ、と思いつつ、目はそのランキングやらモデルコースを追ってしまうのが、人間の悲しい性《さが》だ。

それにしても、メディアの情報ってどこまで当てになるのだろう。街歩き番組や旅番組、タウン誌なんかで、自分の住む街や生まれ故郷がクローズアップされることがごくたまにあるが、いつも違和感を覚える。「え、よりによってその店を紹介するの？」「そこに食いつく？　他にもっといい場所があるのに」まぁ、個人の感想ですけれど。

旅先の情報源として、僕がいちばん信用しているのが、地元のタクシーの運転手さんだ。うまい店、季節ごとの見どころを誰よりも熟知している。

名物料理のおすすめの店が、全国展開のチェーン店だったり、そもそもその名物料理自体、「地元の人間はあんなもん食いませんよ」なんて答えが返ってくることもあるのだが。

# 出無精の父と一泊二日

私事ですが、父親が亡くなりました。

八十九歳でした。とくに病気をしていたわけでもなく、年相応には元気で頭もしっかりしていたのに、自宅でナイター中継を見終わり、風呂に入ったとたん、ぽっくりと。

周囲は「大往生」と言うけれど、本人には往生しようなんて気は、まるでなかったはずだ。巨人が勝った夜だから、翌日の試合を楽しみにしていたんじゃないかと。

この文章はいちおう「旅」が毎回のテーマなので、今回は、父と旅をした昔の思い出でも書き綴《つづ》りたいところだが、残念ながら、そういう記憶は、まったく見事に、ない。

父はサラリーマンで、僕が子どもの頃には、「毎晩、夜遅く帰ってくる人」だった。休日は「家でゴロ寝をしている人」。

家族全員での日帰りレジャーぐらいはあったにせよ、旅行らしい旅行は、母に、あるいは祖母に連れられて行った記憶があるだけだ。親戚の家には、小学生の時分から兄弟だけで行ったりしていた。子どもの頃、父と泊まりがけの旅行をしたことは一度もないはずだ。

高度成長期といわれた時代のお父さんには、そういう人がわりと多かったのかもしれないが、それにしても。母に言わせると「とにかくあの人は出無精だから」。

僕ら子どもたちをどこかへ積極的に連れて行ってくれるとしたら、父が死ぬまで愛した読売ジャイアンツの試合ぐらいだった。きっと父は親子二代、四人そろって巨人を応援する日々を夢見ていたのだと思うが、子どもって親の押しつけには反発するもので、成長するにつれ、兄は野球に興味を失い、僕はなぜか阪神ファンになり、あろうことか弟もその仲間に引き込んだ。本当に申しわけない。

だから、父の遺体を自宅に寝かせ葬式を待つまでの間、供養にと流していた実家が契約しているジャイアンツ専用チャンネルの中継で、僕は、何十年かぶりに巨人を応援した。阪神戦じゃなかったし。

そんな父と、初めて一泊二日の旅行をしたのは、六年ほど前だ。

行き先は長野県の東御《とうみ》。僕の家族と父と母で行った。

どういう経緯で行くことになったのかは、詳しく覚えていないのだが、重い腰をあげたのは、長野のこのあたりが、父の両親の出身地で、親戚も多い場所だったからだと思う。

旅の詳細もなぜか覚えていない。覚えているのは一緒に（これも初めてのはずだ）温泉に入った父の体が、昔とは大違いに萎《しな》びているのにショックを受けたことや、夜、枕を並べて馬鹿話をしていた時、ふだんは無口な父がやけに饒舌《じょうぜつ》で、孫（うちの子）にギャグが大受けだったこと。じつは面白い人であることを、とんでもなく遅ればせながら知った。

今度はどこそこへ。二泊ぐらいはしよう。なんて言っているうちに、腰を悪くしたこともあって父はますます出無精になり、結局、実現しなかった。

もうすぐ死ぬぞって、教えてくれれば、むりやり車椅子に乗せてでも、また長野に連れて行ったのに。東京ドームにも。

## 祝　県大会予選出場

旅をしていると、行く先々でしばしばこんな文字が目に飛びこんでくる。

『祝　優勝　○○部』

『祝　全国大会出場　□□選手』

看板やネオンサインのない場所では、ちょっとびっくりするほどの大きな活字。地元の学校（高校が多い）の校舎に掲げられた懸垂幕だ。

あれ、妙に気になる。

『全国大会優勝』なんて文字を見ると、ましてそこが都会とは言いがたい田園風景の中の小さな学校だと、思わず「ほほう」と名所旧跡を見る目を向けてしまう。
○○部が、マイナーな競技だったり、放送部、パソコン部などという文化部だったりすると、いったいどこでどんな大会が催され、どういう採点で競われるのか、むしょうに知りたくなる。

『祝　全国大会8位』たとえばそんな垂れ幕の場合、心なしか文字が若干小さめに見え、誇らしさだけでなく気恥ずかしさや悔しさも滲《にじ》んでいるようにも思えて、掲げる人々の心中をおもんぱかってしまう。

この原稿を書いている時点ではまだ出場校も決まっていないが、八月には、『祝　全国高校野球選手権大会出場』とか『祝　全国高校野球選手権ベスト8』なんて垂れ幕が日本中のあちこちの高校の校舎でひるがえることになるのだろう。

ところで、夏の甲子園大会、あなたはどこを応援します？　野球には興味がない？　でも、多少は気になるでしょ、都道府県の代表。

僕が応援するのは常に埼玉代表の学校だ。

二十代の頃からずっと東京在住で、生まれ故郷の埼玉県で過ごした日々より、東京で暮らした年月のほうがだいぶ長くなっているのだが、それでも高校野球で応援してしまうのは、埼玉の高校。埼玉のどこにあるのやら、初めて聞く名前でも。

これればかりはどうしようもない。郷土愛の強い人間でもないのに、夏の甲子園が始まると、胸の中で懸垂幕がはためく。『祈　埼玉代表優勝』

残念ながら埼玉は、さほど強くない。一回戦敗退ということも往々にしてある。というか、その確率がいちばん高い。

じゃあ、埼玉代表が消えたら、東京を応援するのかというと、そうではなく、ここ何年かの僕は、なぜか岩手を、とくにピンポイントで花巻東高校を応援している。

岩手県は小説の取材で何度も訪れ、その小説が映画になった縁で、書き終えた後も何回か再訪した、個人的になじみのある土地だ。新幹線の駅がある花巻には必ず降り立ち、花巻東高校の近辺もよく通りかかる。校舎を見ると、おお懐かしい、とすら思ってしまう。

というわけで、勝手に、『祈 優勝 埼玉代表 or 花巻東』。

埼玉代表と違って、花巻東は強いし。高校野球のスーパースターだった菊池投手や大谷選手がいたし。

もう結果がわかっている時期にこれを読んでいるあなたには、「馬鹿め」と言われそうですけれど。

# 農業のある風景

列車の窓から外を眺めるのが好きだ。

移動中に仕事を持ちこまなくちゃならなかったり、三列シートの通路側しか座席が取れなかった時には、とても損をした気分になる。

いったい何を眺めるのか、かわりばえのしない風景のどこが楽しいのか、新幹線に乗り慣れた方はそうお思いでしょうが、楽しいですよ、窓の外。同じ風景なんて、この世には存在しない。風景は行くたびに変わる。たとえば、田んぼの実り具合とか、畑の作物とか。

旅先で何の変哲もない田舎道を歩くのも好きだ。どこが見どころかというと、僕の場合、野菜畑だ。ビニールハウスもよく覗きこむ。

じつは、野菜づくりが趣味なんです。東京のはずれのごくごく小さな、冬場にはてきめんに日当たりが悪くなる庭で、ほんの数株の野菜を育てるために、土をほじくり返して、種を播いたり、苗を植えたり、肥料を撒いたり、その他必要なこと、特にしなくてもいい余計なことを、僕は毎年毎年せっせとくりかえしている。

だから、人さまが、とくにプロの人たちが、どうやって作物を育てているのか、自分の農園（狭い庭の半分）と同じ作物が植わっている場合（比べるのも失礼ですけども）、生育状況はどんな具合なのか、が気になってしかたがないのだ。

ちなみに今年のわが家の収穫は、毎年育てているソラマメやキュウリはまずまずだったが、何度やってもうまくいかないスイカはソフトボール大一個のみで撤退。去年初めて挑戦して失敗したカボチャは、二年目にしてようやく（文字どおり）実を結んだけれど、収穫時期が近づいても握りこぶし大のまま。

トマトに関してだけは、例年になくうまくいった。水分の調整が決め手のトマトは露地栽培には限界がある。だから、今年はたかだか六株のために、ビニール製の屋根をこしらえ――おっとっと。こういう話を始めるとついつい長くなってしまう。先を急ぎます。

たかが遊びで野菜を育てているだけで、偉そうなことを言うのもなんだが、食べ物を一からつくるのは、とにかく大変だ。

植えたとたんに虫がやってくる。すぐに病気になる。雨が続いても、日照りが続きすぎてもダメ。やっと株が育ったと思っても、実が大きくならない。かたちが揃わない。

スーパーで売っている、まっすぐなキュウリ、虫食いひとつないトウモロコシ、大きさの揃ったジャガイモ、あれを当たり前だと思ったら、大間違いですからね。キュウリは曲がるのが仕事みたいにすぐ曲がる。豆類や葉物野菜には虫がつくのが自然の摂理。クリーンという意味できれいなモノを求めるなら、汚さを我慢しなくちゃなりません。

本物の農園を見るたびに、農業のプロは凄い、とつくづく思う。一本三十円のキュウリの安さが理不尽に思える（買ってますけど）。列車の窓のむこうに一面の田畑が広がる風景を眺めていると、ああ、この国もまだまだだいじょうぶ。そう思えるのだ。

ところでトマトの話の続きですが……

（以下次号、いや、冗談です）

# 思い出は心のフィルムに（笑）。

旅先で写真はあまり撮らない。風景は肉眼で眺めているほうが好きだ。カメラを向けてばかりいると、ほんとうに美しい光景や、いちばん大切な瞬間を見逃してしまう気がするのだ。

たくさんの写真を撮っても、行ったという証拠を残しただけで、行った意味は薄れてしまうのではないだろうか。

というふうなことを、僕は昔から考えていて、実際に自ら撮った写真は少ない。旅先だけでなく、子どもの運動会や発表会でも、手渡されたビデオやカメラの撮影をおろそかにして、奥さんの顰蹙《ひんしゅく》を買ったりしていた。「撮ったって、たいして見返さないじゃないか。だったら、撮るんじゃなくて、いま見ようよ」と理屈をこねて。「残したい風景は心のフィルムにしっかり焼きつければいいのだ」なんてキザなセリフを頭の中で吐いて。

でも、年々、カッコつけている場合じゃなくなってきた。加齢による記憶力の低下のせいだろうか。忘れてしまうのだ。「心のフィルムに焼きつけたはずの光景」を。

昔の旅行の写真が出てきた時、最近は、それがいつ行った、どこなのかが、まったく思い出せないことがしばしばある。「心の奥底には記憶のかけらが眠っていて、目には見えない蓄積になっているのさ」なんて強がってみたりするのだが、たぶん奥底まで浚《さら》っても、ザルと化した脳味噌の中には、なぁーんにも残っていないと思う。

証拠、大切。

記念写真は嫌いじゃない。「はい、チーズ」にもちゃんと「バター」と応えるし、観光名所に置かれた顔ハメ看板には積極的に首をつっこむ（ところで、顔ハメ看板の穴は、なぜあんなに小さいのか。こっちの顔の大きさに問題でもあるのか）。とはいえこれも他人まかせにしている場合が多かった。写真を撮る習性がないから、撮影がへたくそなのだ。

だから取材などで出かけて、自分で写真を撮らねばならない時には、いつもあわあわしている。

シャッターチャンスがズレたり、手ブレしたりは毎度のこと。データを見返すと、何を写したのか判別不明な写真が何枚もまじっていたりする。

デジカメが登場して、写真撮影が手軽になったと世間はいうけれど、僕には煩雑になったとしか思えない。ボタンやスイッチ、多すぎ。あちこちでピカピカするアイコンは初心者への嫌がらせだ。ほとんどの機能を使わないまま放棄し、電源とシャッターとズームの位置とその操作方法だけを覚え、他のところはいじらないようにしている。なのにシャッターと電源ボタンを押し間違える。ああ、水鳥が飛び去っていく。

写メールの撮り方もいまだに理解していない。ときどきレンズを塞いでいる自分の指を撮ってしまう。で、撮ってしまっても、それの消去方法がわからない。

画像メモで自分の指先を何度見たことか。

# 温泉旅ガラス

温泉の季節です。

まぁ、温泉はいつ行っても良いものだし、季節それぞれに楽しみはあるけれど、やはり「旬」は、紅葉の晩秋から寒すぎずに雪を眺められる冬の初めあたりじゃないでしょうか。

いいなぁ、温泉。

温泉に行こう、と口にしてみるだけで、なんだかほっとする。ほかほかあったかくなる。いつ行くと決まっていなくても、その日まで毎日がんばろう、と思える。

豪華な宿でなくてもいいんです。朝から乗り物に乗りずくめで、知らない土地を見てまわって、くたくたになって辿りついた先に、畳があればよいのです。「うおーっ」と叫んで大の字になれば、それだけで極楽。

部屋の窓の向こうに絶景が広がっているのがベストだけれど、残念だった場合、露天風呂からの眺めに期待をかけてわくわくするのもまた楽しからずや。

さて、温泉といえば浴衣。じつは、衿《えり》や裾がすぐはだけるし、部屋のキーや財布を持ち歩くのに不便だし、衣類としてはしちめんどくさいしろものなのだが、これに着替えないと始まらない。寝巻きのまま公然と人前をうろうろするなんて、家の近所でもできない体験だ。

そうそう、浴衣姿で卓球をやるのも楽しいですよね。というか卓球をやる機会ってほかではまずなく、僕は卓球を温泉場で覚えた気がする。勝ち負けは気にならない。勝てば実力。負けたら浴衣の袖やスリッパのせい。

宿に着いてただちに酒を飲むかどうか悩みつつ、風呂上がりまで我慢した自分を誉めてやりながらの一杯は最高だ。ビールはほどほどにして、あとは地酒といきましょう。

夕食は、「足りないとは言わせない」という旅館の意地を感じさせる品数と量に圧倒されることが多いのだが、がんばって完食をめざす。これはパスかな、なんて思っていた地味な料理が、意外と逸品だったりするのだ。

えー、ここまで読んできて、「おや」と思った方もいらっしゃるかと思います。「温泉」について書いているのに、肝心の温泉のことに触れていないぞ、と。

ふふふ。バレちまったら、しかたない（自分でバラしているのだが）。居直って、暴言を吐いてしまいましょう。

風呂、どうでもいい。

別に風呂嫌いというわけではないのだが（好きでもないけど）、僕は長風呂が苦手だ。俗に言う、カラスの行水っていうやつ。自宅での入浴はトータル10分程度。湯船につかる時間はせいぜい1～2分。

同行者もいるし、せっかく来たのだからと、温泉へ行けばもう少し長く入っているけれど、見晴らしのいい露天風呂でもないかぎり、3分ほどで限界がくる。湯けむりのウルトラマンとは、私のことだ。

「温泉を語る資格なし！」全日本温泉愛好者連盟からブーイングが飛んできそうだが、ようするに、温泉って、風呂の前後とか周辺が楽しいのだ、ということで、まぁ、ひとつ。シュワッチ。

# 夜汽車と月を喰う空

夜汽車に乗ろうと思った。

小説に書くためだ。僕がイメージしていたのは寝台車ではなく、座席で夜を明かす昔ながらの夜行列車だ。

ところが、時刻表を調べはじめたとたんに頓挫した。寝台特急がひと昔前とは違う豪華な乗り物になっていて、予約を取るのが難しいことぐらいは知っていたが、座席タイプは過去のものになりつつあるようで、どんどん姿を消し、残っている列車も運行は季節限定ぐらい。思い立った時期には東京発の便はひとつもなかった。

なんだか寂しい。

僕の場合、胸を張って「寂しい」と言えるほどの経験があるわけでもないのだけれど。乗った記憶は、二回だけだ。

最初は学生時代。友人と北海道へ旅行した時だ。夜行列車は、広い北海道を格安で効率良く移動でき、なおかつ宿泊代を浮かせられる、貧乏旅行の強い味方だった（そういえば、この旅行では、生まれてはじめてヒッチハイクもした）。北海道の夜は圧倒的に暗く、シートはなかなか寝つけないほど硬かった。

二度目は広告業界で働いていた頃。出張先の広島で悪天候のために飛行機が欠航になり、列車で東京まで戻った。この時は寝台車。ごろりと横になったその先で、景色が移り変わっていくのが、不思議だった。

灯《あかり》と星しかない車窓もいいものだ。僕は電車の窓から風景を見るのが好きだから、夜でも外を眺めている。

夜行列車ではないけれど、少し前にこんな体験をした。

新潟へ行った帰りだった。走りはじめてすぐに日が暮れ、窓の外に月が出た。お、今夜は満月か、と眺めているうちに異変が起きた。

月が欠けてきたのだ。

初めのうちは雲に隠れているだけだと思っていた。

しばし弁当とビールに専念して、また外に目を移したら、満月が十三夜ほどに縮んでいた。しかも欠け方が違う。月餅《げっぺい》を齧《かじ》りとったような欠け方だ。雲にしては動きが遅すぎる。おかしいな、と思うそばから、月がじわじわと齧りとられていく。

頭が混乱した。夢を見ているみたいだった。

半月に近づいてようやく理解した。皆既月食であることに。

仕事で出かけた一泊二日の慌ただしい旅で、ニュースも見ておらず、新聞もろくに読んでいないから、まったく知らなかったのだ。スマホ、持ってないし。

日食や月食を神の怒りだと考えた大昔の人々の心が少しわかった気がした。何の予備知識もなしに、変わるはずがないと思いこんでいる、空の上の天体の異変を目《ま》のあたりにするのは、恐怖とは言わないまでも、その不穏さに胸がざわつく。いつまでもあると思うな、月と太陽。

東京で降りて、振り返ったら、東京駅のドーム屋根の真上に、消えかけた細い三日月が浮かんでいた。

# ぐだぐだと正月のこと。

元日はいつも家にいる。

二日か三日にはたいてい埼玉の僕の実家に出かけるのだが（ちなみに、うちの奥さんの実家は現住所。僕はマスオさんなのだ。ただし両親はもう亡くなっている）、この日は動かず、朝から日がな一日ぐだぐだするのが毎年の習いだ。

一月のトランヴェールの原稿なのだから、旅先で迎えた正月のこととかを、うまいこと書ければとも思うのだが、ごめんなさい。そういうの、ほんと、ないんです。しいていえば、何年か前、年末に函館へ旅行した時に、大晦日に帰るつもりが雪で飛行機が欠航して、急遽探したホテルで年越しをしたことはあった。が、それは例外中の例外。函館は素敵な街だったけれど、ホテルの朝食の雑煮が、なんとなし腹立たしかった。

やっぱり正月は家で迎えたい。

除夜の鐘を聞き終えてから、徒歩十数分の近所の神社へ初詣に行く。有名ではないけれど、界隈《かいわい》では大きな神社で、午前零時すぎに到着すると、参拝所まで一時間近く並ばなくてはならない行列ができている。

ああ、やめておけばよかったと思いながら、寒さに足踏みをして行列が進むのを待つのも、恒例行事だ。願いごとは好きじゃないから、今年もがんばろう、と自分に祈る。

元日は遅く起きて、おせちと雑煮を食い、年賀状やテレビを眺めて、ぐだぐだと酒を飲む。フリーランスとはいえ、朝から酒が飲める機会なんてそうあるもんじゃありません。嬉しい。

家の中に飽きると、年賀状を出しに行くなどなどの理由をつけて外へ出る。寒気が気持ちいい。酔いをすいっと連れ去ってくれる。

東京も正月だけは空が澄んでいる。新しい年に合わせて塗り替えたみたいに青い。この空も正月の醍醐味だ。新しい空を眺めながら思う。「今年こそ」と。今年こそ、何をどうするのかわからないまま。

なんてことをぐだぐだ書いていると、いつまで正月気分なんだ。もうとっくに終わっているぞ、私は出張中なのだ、年明けは忙しいのだ、というお叱りの声が飛んできそうだ。

ごもっとも。お気持ちはわかります。じつは、かくいう僕も、この原稿を書いているいまはまだ十二月。年末進行でどたばたしている最中ですから。自分でも、書いてて腹が立ってくるぐらい。

でもね、どたばたがあるから、ぐだぐだが楽しいわけで。

そうそう、酷《ひど》く忙しかったり、仕事上のトラブルなんかで緊迫した局面になった時、僕には唱える呪文があります。かつて広告の仕事をしていた頃の、後輩のコピーライターの口ぐせです。彼女のひと言で何度、ピリピリしていた職場が、いい意味でぐだぐだになったことか。

こう言うのです。

「だいじょうぶ、死にゃあしねえ」

確かにそうだ。どんなに忙しくてもつらくても、死ぬわけじゃない。

焦らずにいきましょ。なにしろ２０１５年はあと十一カ月もあるんですから。

# 富士山の確率

この一、二カ月、新しい小説の取材のために、関東のちょっと西へ何度か出かけた。山梨へ一回、静岡に二回。そのたびに富士山を間近で見た。しかも雲ひとつかかっていない完璧な姿を。

以前、僕はこのトランヴェールで「雨男」である事実をカミングアウトしたが、こと富士山にかぎれば、遭遇率は高い。言わせてもらえば、僕は雨男かもしれないが、「富士山男」でもあるのだ。まいったか。

富士山は不思議な山だ。麓《ふもと》まで出かけても、雲や霧に隠れてまったく見えないこともあるし、街中のビルや高架から遠くの景色を見るともなしに見ているうち、その姿がくっきり浮かんでいることに気づいたりもする。

人生の何かを暗示するかのようだ。「何か」というのが何なのかはわからないけれど。

何年か前、富士山が全国のどのあたりまで見えるかを調べていて、思っていた以上の範囲に驚いたことがある。その時の資料をあらためて引っぱりだしてみた。

北は、福島県の阿武隈《あぶくま》高地・日山《ひやま》まで。

西は、和歌山県の色川富士見峠まで。

東北や近畿でも見えるのだ。全国に「富士見」という地名が多いのも頷《うなず》ける。

もちろん見えるかどうかは天候しだい。季節にもよる。見やすいのは圧倒的に冬で、十二月から二月にかけての「全体が見える日数」は、平地でも六割がただそうだ。この一、二カ月の僕の三打数三安打は、威張るほどのことでもなさそうだ。

富士山男、苦笑。てへ。


どの方角に顔を出すか、という点でも富士山は不思議だ。

電車、あるいは車で走っていて、右手に見えていたかと思えば、いつのまにか左手に姿を現したり。消えたと思ったら、背後に迫っていたり。神の山だけに神出鬼没。いや、動いているのはこっちのほうなんだけれども。

地元の人は完璧に把握しているのかと思いきや、そうでもないようだ。山麓の町に出かけた時、建物の陰に隠れたのか、見あたらなくて、土地の人に聞いたことがある。

「富士山はどっちの方角ですかね」

その人は、自信ありげに指を差そうとしてから首をかしげた。「あれ、どっちだっけ。家の近所じゃないとわからない」

そんなもんらしいです。


去年の秋、仕事場を引っ越しした。前の場所より街中からは遠ざかったのだが、そのぶん見晴らしはいい。まぁ、さすがに富士山は見えないけれど。

と思っていたら、引っ越して一カ月ほど経ってから、いつも眺めている南側の窓ではなく、ふだんはカーテンを閉ざしている西日の射す窓の方向に、まがうことなき富士山のシルエットが浮かんでいることに気づいた。

富士山って、ほんとに不思議。いや、一カ月も気づかないほうがおかしいのか。それで富士山男などと騙《かた》るのはおこがましくはないのか。

富士山男、てへぺろ。

# 人生は重荷を負うた長い旅、ちゅうてな。

旅の荷物は少ないほうが格好いい。旅慣れている感じがする。人生の上級者とも言うべき余裕がうかがえる。それに対して、荷物の多い人は、世馴れておらず、どんくさく、バッグの大きさとは裏腹の小者感が否《いな》めない——と考えてしまうのは、いつも旅の荷物が多い僕のひがみでしょうか。

仕事がらみの旅行で関係者の人々と出かける時、網棚に載せたバッグの大きさの違いに驚くことがしばしばある。彼らのは通勤バッグかと思うほど小さい。いろいろと必需品が多そうな女性たちのものもおおむねコンパクトだ。ぽっこりふくらんだ自分のバッグに、なんとなし敗北感を感じる。

なぜ、僕は、荷物が多いのだろう。服をこまめに着替えるほうではないし、身だしなみ用品はほとんど使わない人間なのに。

なぜって、理由はひとつしかない。よけいなものを持っていくからいけないのだ。

たとえば、たいして読みもしない本。たいして読まないことは自分でもわかっているから、駅で手軽な文庫本を買うなんて発想がなく、読みさしの分厚い単行本なんぞをそのままぶちこんでしまう。

仕事も持っていく。プライベートの旅行でも、パソコンこそ持ち歩かないが、ノートや筆記具、電子辞書、校正紙（出版前の印刷原稿に手直しを入れるためのものです。仕事柄、連載用、単行本用、文庫本用、一年じゅう何かしらの校正紙を抱えてます）の束などをバッグに忍ばせる。

旅に出ても仕事に追われるほど多忙なわけでも、仕事熱心なわけでもない。旅先なら、いつもとは違うアイデアが生まれるのではないか、手直しもはかどるのではないか、という皮算用がそうさせるのだ。意気込みほどに効果が上がったためしはないのだが。

寝酒を飲む習性があるから、ウイスキーのボトルも詰めこむ。コンタクトレンズなので精製水も多めに。そうそう、温泉へ行く時は、ＭＹボディタオルも。ザラザラのやつ。てぬぐいだと、ほら、泡だちがなにだから——

ようするに、あんた、旅慣れてないだけじゃないの、という声は、否定しないです。

そもそも一泊出張用オーバーナイターやらなんたらのビジネスマンぽい小ぶりなバッ

グは持っていない。一泊でも三泊でも同じバッグ。たくさん入るから、つい入れてしまう。どんな旅であれ、旅行用の荷物を詰めこむのって、けっこう楽しいし。遠足のリュックサックにお菓子や遊び道具を必要以上に詰めこんでしまう小学生と同じ思考回路と申せましょう。

ま、いいじゃないですか。小者でけっこう。見栄を張ってホテルでパンツを洗うより。自分でかついでいくわけで、人に持ってもらうわけじゃないんですから。重い荷物には慣れてますので。家族旅行の時には、家族のぶんも持たされるし。

人の一生は重荷を負うて遠き道を行くが如し、ちゅうてな。関係ないか。

というわけで、重い荷物を抱えて、今日もまた旅に出るのだ。

今月で僕の連載は終わります。二年間、ご愛読ありがとうございました。良い旅を。

# ３章　極私的日常スケッチ

初出は各項の末尾に付記

# 外国人だから気に食わない⁉

この原稿が出る頃には、すっかり騒ぎが収まっているだろうし、その間にもいろんな人がいろいろなことを言うに違いないから、もういいかなと思いつつ、やっぱり書きます。

朝青龍の引退のことだ。

なんだか、やるせない。

人を殴ったことは事実なのだから、引退の直接の原因となった暴行事件を是とは言わないが、「ようやく厄介払い」みたいな一部の空気が、やるせない。品格騒動の頃からずっとそう思っていた。

熱烈な相撲ファンの、自分たちの大切なモノを汚されていると感じる苛立ちはわからないでもない。でも、朝青龍にかぎらず、中学や高校を出てまだ数年の、老けて見えるけれど年齢的には腰パンの兄ちゃんと変わらない力士たちに、いきなり品格だのなんだのと、具体的な定義も定かでない価値観を押しつけるのは、ないものねだりじゃないのかと僕は思っていた。

ましてや外国の人ですよ。来日して日の浅い人間の箸の使い方に、いきなり怒り出しているような不自然さを感じていた。

朝青龍問題の根底に、品格うんぬんだけでなく、「相撲という日本人がナンバーワンであるべき国技のトップに、外国人が立つのが気に食わない」という屈折した気持ちがなかっただろうか。テレビでコメントする誰それさんがどうのではなく、僕たち一人一人の心の中に。

世界的にみれば小柄で、体力的には押されがちな僕ら日本人にとって相撲は、「でも、俺らには相撲取りみたいな人間もいるからね」なんて具合のプライドの拠《よ》りどころだったのが、近年の外国人力士の活躍で打ち砕かれつつある。だもんで「相撲は力が強ければいいってもんじゃない、プラスαが伴わないと」と精神論を持ち出す――そんなことまったくない、ですかね、ほんとに。

実際に「強い日本人力士がいないと相撲はつまらない」と公言する人は多いしね。大相撲だけじゃない。プロ野球だって「助っ人選手にホームラン王はとらせたくない」「四番はやっぱり日本人」なんて論評がマスコミにもおおっぴらにまかり通る。彼らが日本語を理解できないとタカをくくって。知ったら怒るよ。僕だったら、やる気をなくす。

プロスポーツの外国人枠は他の国にもあるし、スポーツにナショナリズムがからむのはしかたないというか、からむから面白くて、興奮するのは確かだ。僕だってバンクーバー冬季オリンピックの時には、ほかの国の選手の番になると、ひそかに「転べ転べ」なんて思いながら観ていた。

でも、それはそれ。プロとして同じフィールドで同じルールで競技しているのだから、同じ拍手をしなければ、外国から来た選手が可哀相だ。

だって、同じことをイチローがやられたらどうだろう。首位打者を獲ったのに、我々の国技ベースボールに値するアメリカンスピリッツがない、とかなんとかバッシングされたら？　嫌でしょ。腹立つでしょ。

イチローや宮里藍は全米や世界で祝福されて欲しい。でも日本に来る外国人選手の活躍は見たくない、なんて話、いつまでも通らないと思う。

（2010年4月2日号「週刊ポスト」）

# 二月は鬼っ子

二月は魔の月だ。

原稿の締め切りに関して「月末あたりにはなんとか」「月初めの頃には必ず」など と曖昧に約束することが僕にはよくある。正確な日にちをぼかして一日でも多く時間 を取ろうという魂胆なのだが、二月に安易にこれをやると、痛い目に遭う。

二月も押しつまってきて、そろそろ始めないとな、と、ふとカレンダーを見ると、 月末がない！

たとえばその日が二十五日だとする。普通ならまだ一週間の猶予があるはずなのに、 四日しかない！　筆が遅い僕にとっては、とんでもない誤算だ。

早く気づけばいいだけの話なのだが、一カ月は三十一日あるいは三十日という観念 が頭に刷りこまれているから、毎年のように騙《だま》される。

どうして二月だけ二十八日しかないんだろう。いえいえ、今年は二十九日まであります、と言われたところで、焼け石に水。二月は暦の鬼っ子だ。

小説を書く人間にかぎらず、二月の短さに困ってる人って多いんじゃないだろうか。ノルマのあるサラリーマンは、二月の成績を前月とは比べられたくないはずだ。経営者のほうは、他の月と同じ給料を払うことが腑《ふ》に落ちないと思う。受験シーズンの学生たちは、残り日の少なさに一夜漬けを余儀なくされる。家計を預かる人々も、ラッキーと思うより、月末を消失した慌ただしさにドタバタすることのほうが多いんじゃないでしょうかね。

十二カ月のうち、わざわざ二月だけ二十八日（か二十九日）にしてあるのはなぜなんだろう。おかしいですよね。三十一日まである月をふた月削って、二月に二日をあげれば済む話なのに。僕は常々疑問に思っていた。だが、思っていただけで、究明を試みたことは一度もなかった。この一文を書いているうちに、己が怠惰を反省し、ようやく重い腰をあげる気になった。

調べてみました。

こういうことだそうです。

現在の暦は古代ローマが起源だが、当初はいまのものとはだいぶ異なり、農耕を開始する三月が一年の始まりだった。農作業のない真冬は暦すらなかった。それではまずかろうということで、あとから一、二月をつけ足した。以来、閏年《うるう》その他の計算のずれは、最終月の二月が背負わされることになった。

その後、一年の初めが一月に改められ、ジュリアス・シーザーの時代には、三十日、三十一日が一カ月おきに配されることになった。が、そうすると一年が三百六十六日になってしまうから、二月が三十日になるのは閏年だけと決められた。

二月の受難はまだまだ続く。シーザーの後を継いだ初代ローマ皇帝アウグストゥスがわがままを言い出したのだ。「シーザーが自分の誕生月の七月に己の名〝ジュライ〟をつけ、めいっぱい三十一日にしたのに、俺の月がない。なんでやねん」と八月を自分の名前〝アウグストゥス＝オーガスト〟に変え、むりやり三十一日にしてしまったのだ。その一日をどこからとってきたかというと、二十九日しかなかった二月。

知ってみると、二月はかわいそうだ。鬼っ子というより、いじめられっ子。大人の事情に翻弄されっぱなし。よくぞここまでいじけずに育ってきたものだ。

二月はいまでも貧乏くじを引かされている。じつは一年でいちばん寒い時期なのに、冬や雪のポジティブなイメージは、一月やクリスマスのある十二月に掠《かす》めとられる。

イベント的にも地味だ。一月の元日や成人式、三月の雛《ひな》祭りや卒業式などなどに比べると、節分はいかにも弱い。バレンタイン・デーはあるが、ひがみっぽい男（僕のような）には、二月なんかなければいいのに、と恨まれる。立春にしたって、祝福はされず「春とは名ばかり」などと文句ばかりつけられる（話はそれるが、節気っていうのも妙ですよね。立春が二月初め、立秋が八月初旬というのは、どう考えても無理がある。俳句を嗜《たしな》む人だって、さぞ困っているだろう。現代の季節感に合う日づけに変更したほうが良いのではないか、と僕は強く訴えたい、のだが、どこへ訴えればいいのかわからない）。

えーと、なんの話だったっけ。そう、かわいそうな二月の話。

あえて二月を褒《ほ》めてやりたいと思う。その短さを恨まず、肯定してやりたい。

二月がもし三十一日まであったとしたら、どうです？　この寒さがまだまだ続くのか、と憂鬱になるでしょう。二十八、九日だけ我慢すれば、三月になる。冬が終わり、春めいてくる。そう思えるのは、幸福なことだ。

褒めていることにはならないか。

とりあえず、原稿は早めに進めよう。

（2012年2月号「家の光」）

# 今日も電波が届かない

「アイデアはどうやって練るのですか」

仕事柄、よくそんな質問をされて、困る。どうすればアイデアが浮かばないかなら、いくらでも話せるのだが。ろくな受け答えができないから、最近はこう答えることにしている。

「よく晴れた日の深夜、窓から頭を突き出して、宇宙からの電波を待つんです」

つまらない冗談だからたいてい受け流される。でも、まんざらただの冗談でもなく、本当にそんな感じなのだ。僕の場合、アイデアはあれやこれや思考を重ねて絞り出すものではなく、頭の上に降ってくるのをひたすら待ち続けている、というのが実情に近い。

今週のアイデアは、いつ、どこで、どのくらい降るのか。天気予報のように教えてもらえると、とても助かるのだが（せめて確率だけでも。０％ならその日は休み）、そうもいかない。往々にして嫌がらせみたいな時間帯やシチュエーションであることが多い。

とはいえ、僕も専業作家になって六年目。漫然と待ってばかりはいられない。最近は、多少なりとも確率を上げる方法を身につけてきた。

ひとつは、とりあえずどこかへ出かけることだ。

取材旅行だなんて優雅なものではなく、簡単に言ってしまえば、仕事場からの脱走。部屋の中でず――っと考えていても、な――んにも思いつけなかった物語の新しいピースが、街をぶらついているうちに突然、落とし物のように見つかることがあるのだ。

難点はメモが取れないこと。メモ帳を持って出れば済む話なのだが、じつは脱走の目的の半分以上は、現実からの逃避だから、たいていの場合、持ち合わせていない。携帯に打ちこむという手もあるにはあるが、僕の超低速の親指では、打ってる途中で、せっかくの思いつきを忘れてしまう危険性のほうが高い。

だから、思い浮かんだシーンなり言葉なりの断片が消え失せないように何度も頭の中でリピートさせながら部屋へ戻り、大急ぎでメモを書く。ここ半年間の実績で言えば、湘南の海岸で長篇小説をひとつ、羽田空港付近で短篇小説をひとつ、拾ってきた。

脳味噌はある程度、体を動かしている時のほうが活発に働くものなのかもしれない。もしくは眼前の風景が絶えず変わることによって、視神経が刺激され、それが脳になんらかの効果をもたらすとか。

どちらも何の科学的根拠もない推測だが、僕が広告制作の仕事をしていた時の先輩も、こんなことを言っていた。「アイデアに詰まったら、山手線を一周してこい」

そう、電車に乗るというのも有効だ。

窓から外を眺めている時や、ホームでぼんやり突っ立っている時などに、なにがしかを思いつくことは多い。じつはいま書いているこの一文も、京浜急行蒲田駅の2番ホームで思いついた。

とはいえ、一日じゅう外をふらふらしていられるわけじゃない。いまのような寒い季節は特に。外へ出てだめだったら、しかたなく仕事場へ戻り、嫌々ながら机の前に体を縛りつけ、空白のモニターにため息を吹きかけつつキーボードを叩《たた》く。

何を書くわけでもなく、思いついたことを思いつくまま、パソコンを玩具として与えられたおサルのように、でたらめにキーを叩くのだ。「ウッキッキー」でもいっこうに構わない。名づけて『とりあえず指を動かしてみる作戦』。

遅ればせながら、お断りしておきますと、ここまで再三「アイデア」と言ってきたのは、新しい小説の題材、あるいは現在進行形の小説の長期的な展開などについてのものであって、日々の原稿一行一行のことではありません。いくら遅筆の僕でも、一行ごとに東京から湘南へ出かけていたら、身が持たない。

日々の原稿に関していえば、現金なもので、締め切り間際になるといきなりスピードアップする。たまに頭ではなくキーボードを叩く指先が文章を考えているかのように、するすると言葉が出てくることが（本当にごくたまに）ある。

こういう時はなぜか、タイムアップ寸前の当面の原稿とは関係ない、その小説の先々の展開や、別の小説のアイデアまでぽかりぽかりと浮かんでくる。「おいおい、いまは勘弁してくれよ」と思いつつ、しばしそっちを書いてしまったりすることもある。

これは要するに、アドレナリンのなせる業なのだろうが、僕には指を動かし続けているうちに、脳味噌がそれに呼応してギア・チェンジしているように感じられるのだ。こちらも科学的根拠はないのだが、思うに、お年寄りがボケ予防にクルミを指先でころがすのと同じ理屈じゃないかと。『とりあえず指を動かしてみる作戦』は、この状況を再現するのが狙いだ。徒労に終わることも多い、捨て身の玉砕戦法なのだが。

こうしてつらつら書き綴《つづ》っているうちに、冒頭の質問に、もう少しまともに答えられそうな気がしてきた。「アイデアを生む王道はないが、近道は体、目、指を動かし続けること」具体的に言うと、次のような感じですかね。

電車の中を、漁るような視線を周囲に投げかけながらふらふら歩き、両手を胸のあたりに突き出して、指をくねくねと動かす。

もしあなたが何かのアイデアに詰まったら、一度、お試しになってみてください。僕はやめておきますが。


（2008年2月3日「日本経済新聞」）

## 名前がないと始まらない

長篇でも短篇でも、小説のテーマやらおおまかなストーリーやらが決まった後、最初にはたと悩むのが、登場人物の名前だ。

物語の種類にもよるが、僕の場合は基本的に、あまり考えすぎないように注意している。妙な思い入れや現実離れしたインパクトをこめないように自制する。花咲善太郎と鬼黒邪次郎なんて名の主要人物二人を登場させてしまったら、その時点で話の展開がバレバレだ。邪次郎くん、ああ見えてけっこういいヤツでね、趣味は御朱印集めとホームパーティーなんですわ、とフォローしたところで、読者は信用してくれないだろう。

とはいえ、あまり考えすぎない名前を考えるのも、じつは大変だったりする。考えすぎない名前にするために、考えに考えたりする。以前僕は、かきおろしの長篇の主人公を「鈴木」という苗字にして書きはじめたことがあった。が、結局、途中で改名し、それまでの名前を全部書き替えた。全国の鈴木さんにはたいへん申しわけないが、普通すぎて行間に埋没してしまうのだ。「鈴木」という名は、普遍的な一市民の暗示であろうか、うんぬんと深読みをされてしまう心配もあるし。

主人公の苗字に関していえば、「昔、クラスに一人はいたよなぁ」と思わせるぐらい普通にいそうで、「あ、でも、自分の知り合いにはいないな」とたいていの人に思ってもらえるような、実際は意外に少ない名が理想だ。字面がよく、文章のリズムを崩さないゴロのよさがあればいうことはない。

脇役たちの苗字は、ごく普通だったり、ちょっと珍しかったり、適度にバラつかせる。特定の地方を舞台にした場合、その土地にだけ多い特徴的な苗字を調べて、一人二人にはそれを使うようにしている。長野なら下平さん、岩手なら菊地さん。そんな具合に。

下の名前をつける時は、もう少し意図的だ。苗字と違って下の名には世代ごとの流行《はや》りすたりがあるし、きょうだい構成や親の性格、育った環境が出るからだ。大正から平成までの「日本の名前ランキング」が記載された本を仕事場に常備していて、これを参考資料として使っている。

戦時中に生まれた男の人には、勝、勲、勇、勝利、などなど勇ましい名前が多い。昭和三〇年前後生まれの女の人には、恵子、洋子、京子が多い。当時の人気女優の名前かな。

平成に変わる頃は、愛、翔太、綾、拓也……。

ただしあくまでも参考程度。その登場人物が平凡な考え方の家庭で育った人間なら、平凡な名前。厳格な親に育てられた人間は、カタイ名前。クセのある親なら、クセのある名前にする。瀬莉華ちゃん、三四郎くん、礼音くん（れのんくんとお読みするのでしょうか）、なんて両親の趣味や外見、子どもの頃に着せられていた服まで想像できる気がする。

ファーストネームは、当人ではなく親の人となりが透けて見えるようにするのだ。登場人物本人の性格と名前が一致する必要はない。たとえば以前、脇役として、「正義」という名前のヤクザさんを登場させたことがあるのだが、それを読んだ時に、「ああ、故郷の親は泣いているんだろうな」とか「彼は家庭の厳しい躾《しつけ》に反発したのだろうか」と、その人の人生の事情に一瞬でも思いを馳せてもらえれば、作者としては名づけ甲斐があったというものだ。

名前が必要なのは、人名だけとはかぎらない。架空の地名、会社名、店名……考えてみれば、小説を書く人間は好き勝手なネーミングばかりしているともいえる。大変といえば大変だが、楽しいといえば楽しい。

団体名も基本は下の名前のつけ方と同じだ。名前ひとつで、「オーナーが勘違いしているすぐに潰れそうな店」や「旧弊な体質で時代に対応していない会社」や「対応しすぎてヘンな具合になっている会社」などなどを生み出すことができる。ただし、実在の団体に迷惑がかかってはいけないので、可能なかぎり実在しないことを確かめる。練りに練った珠玉の名前が、現実にあると判明して泣く泣くあきらめたことが何度あったか。

物語上、重要なネーミングは、考えすぎない名前にするために、考え抜くのだが、どんな名前にしようが特に支障がない時には、少々遊ばせてもらっている。シリーズでもなんでもない別の小説のどこかに、同じ名前を潜ませたりする。これは、僕の小説を複数読んでくださっている読者の方々（いきなり敬語になってますが）に、「あ、また出てきた」と楽しんでもらうため。楽屋オチってやつですかね。「寿司辰」というお寿司屋さんや「長福寺」というお寺は、覚えているかぎりで三回は出した。濡村《ぬれむら》桃実《ももみ》というAV女優（これこそ考えすぎだが、まぁ、芸名なので）も常連さんだ。

人物にも、団体にも、名前をつけた。さぁ、これでもうひと安心、というわけにはいかない。最大のネーミングがまだ残っている。

小説の名前。タイトルだ。

これに関しては、いまだにコツも正解も皆目わかっていない。

（2010年4月4日「日本経済新聞」）

# 三択で、ルミ子さん

昔はメディアの数が少なく画一的だったためか、アイドルの選択肢はそう多くなかった。たいてい三択。

なぜかマスコミは三人をひとくくりにするのが好きだった。山口百恵、桜田淳子、森昌子の中三トリオ。郷ひろみ、西城秀樹、野口五郎の新御三家。

僕が色気づきはじめた中学生の頃の、男子の三択は、天地真理、南沙織、小柳ルミ子。確か三人娘と呼ばれていた。

南さんはしばらくお見かけしていないが、みなさん、ずいぶんお変わりになられたようで。久しぶりの同窓会で、好きだった女の子と会える喜びに胸をときめかせていたら、何かが向こうからころころころがってきて、よく見ると、そのまるまるした物体が、彼女だった。なんて話はよく聞くが、まさしく久しぶりにころがってきた方もいる。

いちばん人気は、天地真理だった。誰もつけた覚えがないのに、デビュー当初から「白雪姫」というニックネームがついていた。確かに万人受けする愛らしさだった。歌唱力がいまいちなことまで魅力とされた。

双璧に近い人気を誇ったのが、南沙織。エキゾチックで（愛称は洗礼名のシンシア。洗礼名ってのがよくわからないまま、僕らガキどもは、おお、と感動した）、スタイリッシュな感じだった。スリムなコが好きだってヤツは、たいてい南派。

小柳ルミ子は、他の二人に比べると持ち歌が演歌っぽく、垢抜けないイメージがあったためか、僕が通っていた中学校の三年二組とその周辺では、第三位に甘んじていた記憶がある。

でも僕は、小柳派でした。王道は本能的に避けて通るという生来のひねくれた性格のせいだけでなく、僕にはいちばん眩《まぶ》しく見えた。

八重歯が可愛らしかった。ぷっくりしたほっぺたを指でつんつんしたかった。両頬が田舎っぽくほんのり赤いところも、埼玉の中学生にはチャームポイントのひとつだった。なんでも許してくれる（もうなんでも）年上のお姉さんという感じだった。ごちそうさまでした。その節は、いろいろお世話になりました。

中学生ごときに彼女の魅力はわからん。自分も中学生なのに、白雪姫だの、シンシアだのと騒ぐ周囲の多数派に苛立ったり、妙な優越感を覚えたりしたものだ。

ガキめらが、見る目がないな、と一押ししていた僕が睨《にら》んだとおり、寿退職されたり、ころころころがったりされた他の二人を尻目に、小柳さんは、ある意味、いまなお芸能界を疾走し続けておられる。

いまでもファンなのか、お前に見る目があったのか、という質問には、ノーコメントとさせていただきます。

三択というのは、ちょっとキビシかったかと、いまにしてつくづく思う、と言うにとどめたいと思う。


（２００９年４月号「小説新潮」）

## 知っているとトクはしない、超・遅読術

ごめんなさい。僕は読書家じゃない。せっかく『ｙｏｍ ｙｏｍ』に原稿を書いているのに、のっけからヘタレで申しわけないです。

まったく読まないわけではないし、活字自体は好きで、手もとに新聞も雑誌もなければ、広告カタログだって熱心に読んでしまうほどなのだが、本、とくに小説にかぎっていえば、いままでの人生で読んできた総量は、ごく普通の本棚二つ分ぐらいにしかならないと思う。

たまさか取材の折に「これまでの読書遍歴を」「最近読んで、面白かった小説を何冊か挙げて欲しい」などと尋ねられると、いつもおたおたしてしまう。

取材の依頼があった時点でテーマが「読書」と決まっている場合、いつも冒頭の言葉を口にするのだが、先方には小説家＝膨大な読書量というイメージがあるらしく「まぁまぁ、ご謙遜を」「みなさん、そうおっしゃいます」と軽く受け流される。「今度の新刊のこと、取り上げますから」と言われたりすると、スケベ根性を出して、結局、受けることになる。そうなると、もう大変だ。

「○○○○（作家の名前）について、どう思われます？」

……どちら様？

「えー、アメリカ文学なら読まれると（ちょっとイライラしはじめてる）。じゃあ□□□□（小説の題名）などはどうですか？」

……いい本だ、と聞いちょります。

見栄を張ってもしかたないから、取材中にも読書量の欠乏を訴えるのだが、先方もそれでは都合が悪いのか、こちらを気づかってくれているのか、なぜかインタビュー記事の中では「読んでない」「知らない」という部分はすっぱり削られ、毎回、僕は、いっぱしの読書家みたいなことをほざいている人間にしたてあがっている。

これは自分で書いているので、ついカミングアウトしちまいました。

というわけです。以上、報告を終わります。（了）

嘘です。すいません。続けます。

もっと「読む読む」な話をしなければ。さて、どうしよう。

えー、では、ここから、言い訳を開始します。

小説をあまり読んでいないと言っても、小説に費やしてきた時間は、それほど少なくはないと思う。

なんだか酔っぱらった禅坊主みたいな言いぐさだが、どういう意味かというと、僕は本を読むのが遅いのだ。それも極端に。アブノーマル、変態と罵られても、返す言葉がないほど。

「新幹線の中で一冊」「一晩で読み終えた」「一日に三冊読む」

他人のこんな話を聞くと、いつも驚く。どこをどうすれば、そんなことができるのかと。曲芸としか思えない。

僕の場合、新幹線でいえば、東京から博多まで行ったとしても、せいぜい五、六十ページしか進まないと思う。

若い頃からそうだった。というより、最近は人生の残り時間が少なくなってきたことを自覚しつつあるせいか、これでも以前よりましになっているのだ。

昔はもっと酷かった。僕がいちばん本を読んでいたのは、たぶん学生時代だが、その頃には、一時間で二、三ページ（居眠りをしたわけでも、途中で飽きたわけでもなく）などということも珍しくなかった。

何にそんなに時間を費やしていたのかというと、頭の中のイメージづくりだ。ひとつひとつの情況や光景を、読みながらいちいち思い描くのだ。それぞれのシーンに納得できるまでは、先へ進まない。他のことはいい加減なヤツなのに、小説を読むことに関してだけは、完全主義。読書の黒沢明。

たとえば、

『窓から差しこむ夕日が、彼の部屋に淡い光の柱をつくっていた』

こんな文章があったとする。僕には悩みどころがいっぱいだ。窓？　サッシ？　いや、舞台になってるこの時代だと木製か。曇りガラスはありなし？　カーテンはついてる？

夕日？　これ、いつの季節の話だっけ。ということは、いま何時ごろ？　夕日は何色？　部屋？　レイアウトは？　この人、ベッドで寝てるんだっけ、ふとんだっけ――

読み進むどころか逆戻りして、そこでまた、ふとんの柄は？　などと迷宮を彷徨《さまよ》うこともしばしばだった。

なにせ一冊の本を買うか、それとも、いつものラーメンに餃子とビールをつけるか、で悩んだ時代だ。買った以上、元をとらねば、というケチ臭い根性から始まった性癖だと思う。人より言葉に対する反応が鈍い（奥さんの言葉に言い返そうとしてうまくいかず、翌朝ようやく捨てゼリフを思いつくとか）という僕自身の脳味噌の構造的な問題であることも否めない。

とにかく本は舐めるように読んだ――なんだか出だしとトーンが違ってきている気がしないでもないが、本当に。ページの端っこがケバケバになるぐらい。

僕は昔から、文章が素敵な小説が好きなのだが、そういう本の場合、一字一句を楽しむ。いいフレーズは、何度も読み返して、ため息をついた。

内容は好きだが文章はいまひとつ、という小説の場合、頭の中で勝手に書き替えたりしていた（自分が小説を書くなんて夢にも思っていなかった頃のことだ。嫌なヤツでした。自分の小説が、誰かに同じことをされていたら、腹立つだろうな）。

わからない語彙や用語があったら、とにかく調べる。だから、とくに終わらないのが翻訳本だ。地名が出てくるたびに地図を広げ、知らない横文字は辞書で引く。

『オハイオ州コロンバスから北へ百マイル。その邸はエリー湖を見下ろす丘にある』

タイム。いま地図持ってくるから。マイルって何メートルだっけ。計算しなくちゃ。

『男は皿の上のプロシュートと、六パイントのビールを平らげた』

ちょっと待ってね。プロシュート、プロシュート？　ああ、わからない。パス。

パイント……えー、パイント……おおっ、飲み過ぎだよ、あんた。

終わるわけがない。

昔話のごとく語っているが、ほんの何年か前までは似たようなものだった。人並みとは言えないまでも、最近は人生の残り時間が少なく――ああ、これはさっき書きましたね。本音を言えば、こうした性癖が治りつつあるのは、小説家になり、自分のものを書くのでいっぱいいっぱいで、他人の創作物に接する時の、我ながら妙な、歪んだ愛情みたいな情熱が薄れているからだと思う。

いま読んでいるのは、ユダヤ系アメリカ人の青年が、自分のルーツを探すために、ウクライナ人の学生とその祖父、飼い犬を案内人にして旅をする話。

ウクライナ。知らないことが多くて大変だ。一カ月以上前から読みはじめ（途中で他の本に浮気したとはいえ）、いま百十三ページ目。

治ってないかもしれない。


（2007年7月号「yom yom」）

## さよなら、でかちん大王。

何年も前から僕は「フロスト」シリーズの新作を待っていた。三作目の『夜のフロスト』が出てから、もう六年が経つ。今年こそ今年こそと待っているうちに、作者のR・D・ウィングフィールドの訃報を先に聞いてしまった。

残念。

あんなに可笑しくて、しかも面白い小説は、他にはない。だから何年も待っていたのだ。

聞くところによれば、未訳の作品がまだ三作残っているそうだが、もう読めないとわかると、「まだ」というより「たった」という気がしてくる。

ウィングフィールドさんには申しわけないが、大好きな小説シリーズなのに、ぼくはいつも作者の名前を忘れがちで、頭の中では「フロスト警部の本」というふうに記憶している。ウィングフィールドが「フロスト」以外に小説を書いておらず、情報が少ない人だったせいもあるだろうが、それ以上に、主人公フロスト警部のキャラクターが強烈すぎるからだと思う。ウィングフィールド死去のニュースは、僕にとって、フロスト警部の訃報でもある。

合掌。

「フロスト」の魅力はなんと言っても、フロスト警部だ。格好悪くて、お下劣で、かといって性格もけっしていいとは言えない。こんなマイナス要素ばかりの男を主人公として成り立たせ、読む人間に感情移入をさせ、読み進めるうちに「もっとやっちまえ」「そうだ、あんたの言うとおり」なんて応援したくなる存在にしてしまうのだから、作者は凄い。ちゃんと名前を覚えられなくて申しわけなかった、といまさらにして思う。

僭越《せんえつ》ながら、自分のことを少し書きます。僕の書く小説も、主人公が格好悪く、そこここに笑いが入るものが多い。

こういう小説というのは、書いてるこちらは真剣で、毎回、身を削ったりもしているのだが、「ああ、お笑いか」「軽い感じのヤツね」と邪道扱いされることがままある。物語を少しでも面白く読んでもらおうと苦労した末の、笑いが入っていれば入っているほど。

確かに「お笑い」と言われればそのとおりだし、「邪道上等」という気持ちで書いてはいるのだが、こちらも人の子。なんとなしに不当に扱われている気がして、ひがみっぽく拗《す》ね、膝をかかえる日もある。

だから、ウィングフィールドさんには、一緒にするな、と怒られるだろうが、「フロスト」シリーズは他人のような気がしない。読むたびに、「気にするな、これでいいのさ」と励まされている気持ちになる。

フロストに比べたら、まだまだ自分にはお下劣が足りないな、と反省したり（訳者のお手柄かもしれないが、「でかちん大王」なんてフレーズは、僕には思いつけない）、とびっきりのお馬鹿なセリフに「ああ、くそっ、先を越されちまったい」と勝手にライバル視して悔しがったりもしてきた。

既存本の巻末の解説には、作者ウィングフィールドの人となりはほとんど載っていない。経歴からして若くはない人、という気はしていたが、今回の訃報で、彼が七十九歳だったことを初めて知った。

驚きだ。僕の親の世代。しかも第六作を完成させたのは、死のほんの少し前だ。四十を過ぎてデビューした僕は、この事実にも励まされた。この先——小説家としての僕にあと何年が残されているのかはわからないが——書き続けていったとしても、無理して老成したり、達観する必要はないんだ。でかちん大王でやっていけばいいんだ。そう教えられた気がした。

ウィングフィールドは一九八四年にデビューした、とこれまでは紹介されていたが、最初の小説『クリスマスのフロスト』は長くおクラ入りを余儀なくされていて、実際に書き上げたのは一九七二年だそうだ。

三十五年間で、六作。いくら待っても、なかなか出版されないわけだ。

この寡作ぶりも、できればあやかりたいところだ。無理ですけどね。

（２００７年10月号「ミステリーズ！」）

# 孤高の哲人に感謝を

東海林さだおさんのエッセイ、大好きですね、ぼくは。

食べもののエッセイが特に好きで、『丸かじりシリーズ』32巻は、ほぼ全巻持っている。

ほぼ、と書かねばならないのが悔しい。

じつは全巻持っているつもりでいたのだが、これを書くために改めて本棚を調べたら、数巻抜けていることが判明した。

もちろん早急に買い足したいと思う。

あの歯切れのいい、文章がまず好きだ。

エッセイの内容自体は、ひとつの事象をねっちり、ねばっこく考察するものが多いのに、胃もたれなく、さくさく味わえるのは、あの文体あってこそだ。

東海林さんの文章は、ほぼ必ず句点のたびに改行するのが特徴だ。

それがあの魅力的な歯切れを生んでいるんですね。

一行一行に力があるのだ。

間の取り方が絶妙なのだ。

と、もうお気づきかもしれないが、ぼくも真似をして、ここまで句点ごとに改行してみたのだが、だめですね。

あれは名人芸だ。

真似はできない。

ああ、もうやめます。そう、文章だけ似せてもだめなのだ。さくさく感たっぷりの文体は、食べ物でいえば中味をおいしく食べるための、ころも。ころもの中には、肉汁たっぷりの上ロースや、ぷりぷりの海老や、ほくほくのじゃがいも、その他いろいろ、一度味わったらやめられない、おいしい中味がたっぷり詰まっている。

丸かじりシリーズでも『男の分別学』でも、東海林さんのエッセイの題材はごく身近なものが多い。読むとみんな「ああ、あるある」という気分になる。「なーんだ、同じことを考える人もいるんだ」などと安心したりする。

でも、ちょっと待ってくださいよ。「ああ、あるある」と言ったって、東海林さんが書くまでは、なにげなく見過ごしてきた物事ばかりだったはずだ。

そうでしょ？　東海林さんにかわって、机をどんどんと叩いて、抗議したい。

考えたとしても、ろくに追求することもなく、解明の努力を怠ってきた。議論を闘わせたことすらなかった。違いますか？　どんどん。

うどんの中の生卵の処置方法を、①そのまま飲みこむ　②突き崩す　③自然に破れるに分類し、さらに③を「全域にかきまわし細片化させる派」「濃厚なままの卵をうどんにからませて食べる派」にまで類別してみせた人が、いままで東海林さん以外にいただろうか。蓮舫だってまだ仕分けしていないと思う。

歯磨き粉と誰もが疑問なく呼ぶ、歯磨きチューブの中身が、歯磨き粉じゃないことを看破し、新しい名称が早急に必要であることを問題提起した人が、他にいるだろうか（ちなみに、東海林さんが仮採用した名称は、歯磨きニュルニュル）。

東海林さんはあらゆるものに刮目《かつもく》し、ひとつひとつ分析し、究明し、論破してみせる。

小松菜に学んだり、ミリン干しを応援したり、「ア」の次がなぜ「イ」であるのか、アイウエオ順の陰謀を憂えたりする。

ぼくらが日頃、感づいているのに怠惰に見過ごしている諸問題について、ただ一人、深く悩んでくれている孤高の哲人なのだ。

目のつけどころが人とは違う。しかもその目線は、常に低め。上から目線で人を見下ろしたりはしない。

東海林さんのエッセイが誰かを笑っても嫌味にならないのは、それ以上に、自分自身を客観視して、自分を笑っているからだ。東海林さんが本心から威張ったり、ひけらかしたりする文章をぼくは読んだことがない。

これって簡単なようで難しい。人間というのは悲しいもので、無意識のうちに言葉のはしばしに自慢や見栄が出てしまうもんです。プロの書き手でも。わりと自虐的な雑文を得意とするぼくですら（←ほら、さりげなく自慢してる）。

人に好かれたい、大物と見なされたい、馬鹿だと思われたくない、という心理がどこかで働いてしまうのですね。自慢話ほどつまらないものはないのに。

その点、東海林さんは人に好かれようなんて、ハナから思っていない気がする。だから人に好かれるのだ。

そうそう、忘れてはいけない。他の文筆家には真似のできない、東海林エッセイの最大のチャームポイントのことも書かなくては。

ご自身の手による挿絵だ。なにしろ本職。「このエチオピアのパンというのは、どんなカタチなのか」「ここに出てくるへんな服のおばちゃんの服って？」といったこちらのさらに知りたい願望が、ページをめくればたちどころに解消される。

これはさくさくのころもにかける、オーナーシェフならではの特製ソースですかね。オール讀物登場四十周年、ほんとうにおめでとうございます。

（2010年9月号「オール讀物」）

## ウォンチュー

夏の一曲といえば、思い出すのは、南佳孝だ。

例の「WANT YOU」という唐突な叫びから始まる曲ですね。『スローなブギにしてくれ』といっても私は南佳孝のファンというわけではなく、『スローなブギ〜』にしても、じつは「ウォンチュー」に続く歌詞すら覚えていない。なぜ思い出すのかといえば、海水浴場へ行くたびに耳にしてきたからだ。

焼きトウモロコシやココナッツオイルの匂いが漂う砂浜で寝そべっていると、頭上のスピーカーから少しひび割れてしまった声で南佳孝が叫ぶ。「ウォンチュー」

エア・マットにうつ伏せになって波間を漂い、バナナボートにまたがっているビキニのお姉さんを盗み見ていると、浜辺から私の心の叫びのようなシャウトが流れてくる。「ウォンチュー」

街中の店で出されたら、ぜったいに文句を言うはずの味なのに、なぜか妙にうまい海の家のラーメンを食べていると、潮風に声を震わせて南佳孝が歌う。「ウォンチュー」俺にもくれ、と言っているように。

古くはサザン、TUBE。新しくはB'z、ELT（新しくないか）。いかにも海辺の有線という曲はたくさん聴いてきたはずなのだが、なぜか耳にこびりついているのは、あの「ウォンチュー」だ。私がよく行く海がおもに九十九里方面であることと関係があるのだろうか。

隣の女の子グループに「荷物見てて」なんてしらじらしい声をかけ、「お礼」のコーラを抱えて戻ってみると、連れの男たちが帰って来ていた――なんてことをしていた頃から、南佳孝は私の頭上で叫んでいた気がする。

明日の筋肉痛を心配しながら、ビーチボールと大差のない大きさのわが子をかかえて、波乗り遊びをさせていた頃も、スイミングスクールに通わせた子どもたちが沖へ泳いでいくのを、下腹隠しのTシャツ姿で指をくわえているだけになってからも、

「ウォンチュー」

そういえばここ何年か海へ行っていない。最後に行ったのは、浜崎あゆみの曲がかかりはじめた頃だ。

あゆやヒカルや、夏でもニット帽系のお兄さんたちの歌声に囲まれて、南佳孝はいまも渚で愛を叫んでいるのだろうか。

今年はぜひ確かめてみたいと思っている。

（2004年8月号「小説すばる」）

## 小説に参戦

自分が小説を書く人間になるなんて、十年前には考えてもいなかった。小説というのはあくまでも読むものであって、自分が書くものじゃない。そう思っていたのだ。

僕は長くコピーライターをやっていた。文章を書く仕事をしていたのだから、すんなり小説も書けたんじゃないの、とお思いの方もいらっしゃるでしょうが、とんでもないです。

コピーライターは、たった一行のために、何日も悩んだり、何十もアイデアを出したり、あーだこーだと会議を重ねる仕事だ。言わば短距離専門。原稿用紙何百枚もの文章を書くなんて、フルマラソンを二時間何分かで走るような特殊な人間のすることとしか思えなかった。

世の中にはそういうのが苦にならない人もいるんだな。たいへんだろうね。ま、俺には関係ないけど——僕にとって小説とは、ずっとそういうものだった。

そもそも、もし書こうと思っていたとしても書く暇がなかったと思う。僕が若かった頃の広告業界は、バブルが弾ける前で、めちゃくちゃ忙しかった。残業月何時間なんてレベルではなく、睡眠時間週何時間か、という労働基準法とは無縁の日々を送っていた。

そんな僕が、小説を書きはじめたのは、四十歳目前の時だった。

当時は、勤めていた会社を辞め、フリーになって五年目。いちおう事務所を構えていた（従業員はゼロ）。

仕事は順調で、収入は増えた。しかも時間は自由に使える。フリーになったとたん、なぜか労働時間ははるかに少なくなった。会社員時代に比べたら、夢のようなお気楽生活。とりあえず、現状には何の問題もなかったはずだった。

たぶん、現状に何の問題もなかったのが、問題だったのだろうと思う。別にかっこつけて言うわけじゃなく、そういう生活って、長く続くと飽きるのだ。飽きるし、ちょっと怖い。

初々しさとはほど遠い年齢になって、急に小説を書こうと思い立った理由はいくつかあるが、そのひとつは、暇が怖かったからだ。

仕事が順調といっても、フリーランスが不安定であることに変わりはない。新しい仕事の依頼がしばらく来なくなると、お気楽なはずの暇が怖くなってくるのだ。

心配性の僕は、仕事がなくても事務所に通った。でも電話は鳴らない。さて、どうやって時間を潰そうか（不安を紛らわせようか）。そう考えた時、目の前にあったのがワープロだったのだ。

小説を甘く見ていたところもあったと思う。就職してからの僕は、小説を書くどころか、読むことも少なくなっていたのだが、フリーになってからは、本を読む時間も増えた。

あれこれ読めば、自分が気に入らない小説にも突きあたる。あの頃は、自分が五十メートル走ランナーであることもかえりみず、読んでいる小説によくケチをつけていた。「文章、ヘタだな」「ここでこのセリフはないだろう」「これくらいなら、俺にも書けるかも」

ケチをつけていた小説のタイトルは覚えていないし、覚えていたとしても、ここじゃ書けないが、もし四百字以上の日本語をろくに書けない人間が、こんな偉そうなことをほざいていると知ったら、作者はきっと激怒するだろう。

そうだよ。文句を言うだけなら簡単なのだ。自分の書くコピーだって、何日も費やし、これしかない、と意気込んで打ち合わせに臨んでも、テーブルの向こうの宣伝課長だか部長だかに、あっさり言われる。「だめだな、これ、ボツ」

その時の僕は思った。このままだと自分は、この先一生、他人の小説を読んで「だめだな、これ」「俺でも書ける」などとケチをつけ、半端な文才を鼻にひっかける人間になるに違いない、と。僕の性格からして、たぶんそうなる。なんか嫌《や》なやつだ。そうならないためには、ここはひとつ、自分で書くしかない、と考えたのだ。なにしろ時間はたっぷりあった。

コピーライターという職業をけっして嫌いではなかったけれど、毎日の仕事に倦《う》んでいたというのが、二番目の理由かもしれない。

広告のコピーは、あれやこれやの事情に翻弄され、もまれ、絞《しぼ》られ、叩かれて、初めて世に送り出される言葉だ。けっして自分の言葉で語るわけではないし、僕のような二流コピーライターの場合、自分で「これだ」と思ったものが百パーセントのカタチで世に出ることはまずない。

小説を書くことと、コピーを書くことが、まったく別物であることを、冒頭で陸上競技になぞらえたが、もうひとつ別のたとえをするなら、プロレスと総合格闘技の差と呼ぶべき違いがある気がする（格闘技に興味のない方は、なんのことだかわからないと思います。読みとばしてください）。

コピーはプロレスだ。それもショースタイル重視の。本気を出してはだめなのだ。表現が難しすぎてはだめ。内容が殺伐としすぎるのもＮＧ。悪意をこめたり、人間の心の裡《うち》のドロドロを描くなんて、もってのほか。お客さんにいかに気分よくなってもらうかが重要で、書く人間が、百パーセントの力を出し切ってしまうと、逆に使いものにならなくなってしまう。コピーライターに求められるのは、何かを伝えたい気持ちではなく、どのように伝えるかという言葉の技術だ。

もちろんショースタイル重視派のプロレスラーだって、コピーライターだって、大切な職業だし、立派な仕事をする人は多い。

でも、その頃の僕は、そういうのはもういいや、と思いはじめていた。言葉とガチンコ勝負がしたくなったのだ。偉そうに言えば、「コピーライターなんぞというちゃらちゃらした商売」より世間では格上と見なされているらしい小説家という人たちに、それが本当かどうか異種格闘技戦を申しこむ気分だった。一回だけのつもりで。

というわけで生まれて初めて小説を書きはじめたのが、三十九歳の時。三つ目の理由はたぶん、この年齢だ。人間、節目の年になるとなぜか焦る。三十九から四十、いままでと同じく、ひとつ年を取るだけなのに、僕は不惑を前に、三十九年ぶん、惑っていた。

確か、四十歳の誕生日の数カ月前だったと思う。タイトルを考えるのが恥ずかしくて、適当に「P」と命名して、まず、出だしの文章らしきものをワープロに打ちこみはじめた。

最初は順調だった。といっても最初の最初、ほんの数行だけ。短距離ランナーの悲しさだ。何日経っても後が続かない。やっぱり自分には無理だと思った。そのうちに仕事が舞いこんできて、僕は自分の決意はなかったことにしてしまった。しかし消去してしまうのが惜しくて、そのフロッピーは、仕事用のフロッピーの山のひとつに積み上げておいた。

「P」と書かれたフロッピーを再び取りだしたのは、その数カ月後。四十の誕生日は過ぎてしまっていた。僕は作戦を変更した。誰に読ませるあてがあるわけじゃなし、締め切りがあるわけでもなし、好きなようにやろうと居直って、ストーリーに従って第一章から順番に書くことをあきらめ、とりあえず頭に浮かぶシーンや会話をばらばらに書いてみた。映画みたいに、後で編集して、つなげていけばいい。そう考えたのだ。

これは功を奏した。いままでのつまずきが嘘みたいに、すんなりと書けるようになった（この「後から編集」方式はいまだに僕の小説の書き方の基本になっている。邪道のようですけど）。

仕事が忙しくなると放り出し、暇になるとまたキーボードをぽこぽこ叩く。そうしているうちに、原稿用紙にして百枚ぐらいの、虫食い状態の小説のできそこないがフロッピーにたまった。

いけるかもしれない。半分も終わっていないのに、すっかり完成した気分で、僕はその年の暮れに、応募を決意した。「公募ガイド」を買い、自分の書いているものを受け入れてくれそうな賞を探した。いちばん締め切りが近かったのが、三月末日締め切りの『小説すばる新人賞』だった。

昔みたいに睡眠時間を削ればじゅうぶん間に合う——はずだったのだが、応募を決意した直後、プライベートで問題が起こった。うちの奥さんが病院の検査にひっかかったのだ。腫瘍がもし悪性なら、困ったことになる種類の病気だ。小説どころじゃなくなった。

年明けに二人で大学病院へ精密検査の結果を聞きに行った。結果は良性。浮かれた僕は、初めて奥さんに小説を書いていることを告白し、二カ月間の家庭放棄宣言をした。浮かれた奥さんも、事情がのみこめていない様子だったがオーケーしてくれた。

体の中でゴングが鳴った。翌日から事務所にこもった。映像的には、むさ苦しい四十男がねじり鉢巻きでワープロに向かっているだけなのだが、僕の頭の中では高らかに「ロッキーのテーマ」が鳴り響いていた。

応募の規定枚数は三百枚以内。残り二百枚ほどだったのだが、初心者で短距離専門の僕にとっては、フルマラソンどころか、かなづちで補助輪付き自転車にしか乗れないのに、トライアスロンへ参加するようなものだった。しかも、こういう時にかぎって、仕事の電話ががんがん鳴る。

過去のものになっていた泊まりこみ生活を再開した。締め切り近くの数週間は、一日おきに徹夜をした。攣《つ》りそうな手にサロンパスを貼り、コーヒーの飲み過ぎで何度もトイレでゲロを吐いた。忙しいことには慣れていたはずだったが、書くことがあれほど苦しかったのは、初めてだ。だけどなぜか充実していた。ランナーズ・ハイならぬライターズ・ハイだったのかもしれない。

いま思えばビギナーズ・ラックとしか言いようがないのだが、この処女作で賞を取ることができ、本も出版された。一回でやめるつもりだったのに、その後八年、書き続けて、いつの間にか専業になった。

小説家という職業にシンパシーを感じていなかった僕は、いまでも気分は部外者だ。小説に勝ち負けなんてないけれど、異分野にガチンコ勝負を挑んでいる気持ちは変わらない。一読者の特権だから、あい変わらず他の小説にも文句を言っている。でもいまは「これなら俺にも書ける」だなんてことは思わない。どんな小説も、書く人間ひとりひとりの脳味噌の中から、七転八倒の末にひきずり出されるものであって、評価の優劣はあるにせよ、誰かにマネのできるものじゃないことを、身をもって知ったからだ。

自分だって文句を言っているのだから、自分の小説が、読者にどんなケチをつけられても甘んじて受けるが、もし「これなら俺にも書ける」と言われたら、僕はこう言い返すだろう。「そう思うなら、やってみろよ」書きながらゲロ吐くぞ。

（２００５年6月号「ミステリーズ！」）

# 牛穴村観光案内

このたび小説すばる新人賞をいただきまして、初めての小説が世に出ることになりました。そういうわけですから、これも処女エッセイです。処女だから恥ずかしいです。あんまり見ないで。明かりは消してください。へんな道具はやめてください。

さて、本題。拙書『オロロ畑でつかまえて』についてお話ししたいと思いますが、『オロロ畑～』を語ろうとすれば、どうしても牛穴村《うしあな》について語らねばなりません。避けては通れない道です。そう、甲子園球場へ行くには阪神電鉄に乗らなくてはならないように。

牛穴村は奥羽山脈の一角に実在する山村で、物語はこの村から始まり、そしてこの村をめぐって展開していきます。牛穴村の存在を知り得なければ、私はあの小説を書くことはなかったろうし、もしあの小説にテーマらしきものがあるとするならば、それは、不可思議にして数奇なこの村のことを、一人でも多くの人々に知らしめたいという一点にしかありません。ですから、ここでは、私自身の民俗学的一考察を交えながら、わかりやすく観光案内の体裁を借りて牛穴村について語ろうと思います。では、ボン・ボヤージュ。良い旅を。当案内が、あなたの豊かな人生の何かのお役に立つことを――立たないだろうけど――願ってやみません。

【当案内の活用法】

当案内は本書『オロロ畑～』との併読をおすすめしますが、もちろん『オロロなんとか』など読みたくもないという方にも、通常の旅行案内として活用していただける内容にしました。この一文が本の宣伝の類となるのは、私の本意ではありません。いつも心はフェアプレー。それが私のモットーです。

【牛穴村の地理・アクセス】

本書参照のこと。

【見どころガイド】

牛穴村の最大の観光ポイントといえば、やはり秋の大牛山（２２３８メートル）の紅葉にとどめをさします。全山、燃えるが如し。山火事になってもおそらく誰も気づかないに相違ない。二番目はと問われたら、冠雪した冬の大牛山の絶景を挙げねばなりますまい。この冬山に魅せられた登山者の何人かは春になっても帰って来ないほどです。三番目は春の大牛山の景観。四番目は夏の……他にはないのか、とご不満の向きには「名物は少ないからこそ名物」という金言をお返ししましょう。いい言葉だ。いま、つくったんですけど。

＊コースプラン　牛穴村停留所↓大牛山（徒歩6時間）

【あじとグルメ】

本のタイトルにもなった「オロロ豆」に勝るものなし、と申せましょう。空豆の亜種で、香りに独特の野趣があり、ほろりと苦くほのかに甘い。煮てよし焼いてよし。「イボダマシ」も忘れてはなりません。まったりとした苦味に、ひなびた香り漂う絶品。煮てよし焼いてよし。唯一の難点は、何が原材料なのか怖くて聞けない所でしょうか。

【旅のみやげ】

牛穴村みやげとして何かひとつ買って帰るとしたら、私は迷わず「ゴゼワラシ」をおすすめします。いわゆる郷土玩具ですが、当節の手垢のついた観光地の民芸品とは比べものにならない素朴さシンプルさが魅力です。呪いのワラ人形がスゲ笠をかぶったような、といえばわかりやすいかもしれません。インテリアとして飾れば、お部屋をアンニュイな雰囲気に演出してくれます。親しくしたくない方へのご進物にも最適。

【牛穴言葉の基礎知識】

牛穴村には特有の方言があります。『オロロ畑～』の中でも、村おこしキャンペーンを請け負ってしまった都会の広告業者が、言葉の障壁に四苦八苦する場面がたびたび出てきます。基本的な用語はあらかじめマスターしてから旅に出るほうが無難でしょう。

「おぱょ」（おはようございます）
「はえまっちゃ」（こんにちは）
「ばんさんかん」（こんばんわ）
「あっきゃ!?」（本書中にも何度か出てくる特徴的な語彙です。驚き、喜びのほか、悲しみや怒りも表現します。英語の「オーマイガー」に近いと言えましょう）
「あずずずず」（痛いです。熱いです）
「ててぽぽ」（困ったな。とほほ）
「なだっこ」（獣肉の一種か）
「やまへぽこ」（きのこ）
「へぽこ」（男性器。『オロロ畑～』が夏休み学校指定図書には絶対に選ばれないだろう最大の要因は、こうした隠語の連発にあると思われます。失敗しました。『オロロ畑～』は小さなお子様の手の届かないところに保管してください。万一読んでしまっ

たらすぐ吐き出させて、医師に相談を）

「たまぐり」（搴丸）

「もんぐり」（××××）

では最後に、牛穴の旅をより実り多きものとするために日常基本会話をマスターしましょう。例文に従ってご唱和を。さ、ご一緒に。

――バスの停留所はどこですか？

『テリュジョァドッチャサエグデァス？』

ここまで読んで、ひょっとしたら、これは全部つくり話なんじゃないか、もしくは私を現実と妄想の見分けがつかなくなった危ない人間じゃないか、と思い始めたそこのあなた。信じなさい。神は信じる者しか救ってくれません。さ、ご一緒に。

――オロロ豆は生でも食べられますか？

『オロロマメッコ、ママダッテモケエルダカ？』

――おなかが痛いです。

『オラァポンポガアズイダバ』

――病院に連れて行ってください。

『ソッダラモンココニハネエダ』

（リピート）



# 自分でクールって言うのはクールじゃない。

（1998年1月号「青春と読書」）

最近、「日本がすごい」「外国人がこんなに日本を誉めている」なんて内容のテレビ番組や本が増えている気がする。

なんだかこそばゆい。いい意味ではなく。尻の穴がむずむずする。

これってたぶん、ここ何年もお隣の韓国や中国に悪口を言われ続けている反動で、その他の国の耳に心地よい意見を聞きたい、自信を取り戻したいってことなんだろう。

そりゃあ、人に誉められれば嬉しい。かくいう私も日本が賞賛されたり、日本人が世界で活躍しているニュースなんかを目にすると、自分のことのように、むふふと頰《ほお》が緩んでしまうのだけれど、同時に思うのだ。これって、なんかかっこ悪くないか、と。だって自分は何もやっていないのだ。

確かに、日本のカルチャーや風物や製品を愛してくれる外国の人もいるのだろうが、そういうのは、「ふーん」とさりげなく聞き流すのが粋《いき》ってもんじゃありませんかね。それこそが日本古来の「謙虚さ」や「恥の文化」ではないのでしょうか。

「クールジャパン推進会議」という国が主導する組織があるそうだけれど、これも恥ずかしい。「クールジャパン」というのは、人に言われる言葉であって、自分たちから言い出すものじゃないだろうに。だって、言い換えたら、

「かっこいい私たち推進会議」ですよ。

そもそも言いたい。いまごろになって、国がクールジャパンを横取りするな、と。

クールジャパンといえば、まっさきに浮かぶのが、日本の漫画やアニメだ。

昔の大人は、「漫画なんか読むな」と子どもを叱った。世間の良識ってやつに害毒扱いされることもあった。私もふくめたそうした子どもたちが大人になっても電車の中でコミック誌を読みふける姿を、「嘆かわしい」「外国に恥ずかしい」と良識たちが非難していたのは、それほど昔のことじゃないはずだ。なにをいまさら。

漫画文化に関するかぎり、クールジャパンは、そうした白眼視《はくがんし》に耐えてきた漫画家やアニメーターや熱心な支持者がこつこつ築き、守ってきたものだ。国に偉そうに支援されるものではないし、なまじ妙な具合に肩入れされたら、いままでのせっかくの

評判がかえって落ちてしまわないか心配だ。

その国のどこが魅力的なのかは、暮らしている本人たちにはわからないものだ。一人の人間が己の短所と長所に、自分自身では気づけないのと同じように。

別に他人に（他国に）好かれるために生きているわけじゃないけれど、嫌われるより好かれるほうがいいとしたら、肩ひじ張らず、よそのことは必要以上に気にせずに、反省すべきところはきちんと反省して、ごく普通にしていればいいと思う。

自分がいかにすごいか、偉いかを自慢する人間って、まず間違いなく人には好かれないでしょ。案外、自分たちの欠点だと思いこんでいることが（漫画がそうだったように）、他者には長所に見えることだってある。私たちには、さえないものとしか思えない風景を、熱心に撮影している外国人観光客ってよく見かけるじゃないですか。

たとえば、日本の節操のなさなんかも、そのひとつかもしれない。

表向き伝統を重んじる国、ということになっているけれど、じつは古くは中国やインドから、近代になってからは欧米から、よその文化をつまみ食いしてつくりあげたのが、いまの日本だと思う。

中国には存在しない「ラーメン」。「本場インド風ビーフカレー」。ナポリの人が知ったら怒られそうな「スパゲッティナポリタン」。靴を脱いで暮らす欧米風の家。外国を模した街並みに掲げられた漢字の看板。白人も黒人も日本人が演じてしまう演劇。紛《まが》い物みたいで恥ずかしいと思えるものが、じつはクールかもしれないのだ。

鐘つき堂のある神社。鎮守様を祀《まつ》った寺院。初詣に神社へ行き、葬儀はお寺で営み、結婚式は教会で挙げる、そんな宗教的な寛容さというかアバウトさも、昨今の世界中の悲惨な宗教対立の中にあっては、解決策なんて悠長な状況ではないだろうが、誰かを引き止める一助にはなるかもしれない。

「クールジャパン推進会議」の「ジャパン」は国家のことであって一人一人を指しているわけではない。国策なのだから、偏屈なことを言うな、というご意見もあるだろう。

その通り。国と個人は別だ。日本が誉められようが、けなされようが、自分が偉くなったわけでも、非難されたわけでもない。

自分がしっかり生きよう。どこの国で暮らしたとしても、ちゃんと生きる人間になろう。とりあえず、自分だけでも抜けがけで「クール」と思ってもらえるように、日本を訪れる外国の人たちには親切にしようと思う。

# 伝説のバンド

（2016年1月号「小説現代」）

「頭脳警察」をご存じだろうか。

バンドの名前なのだが……知らないだろうなぁ。何しろもう三十年も前のロック・バンドだ。しかも当時ですらろくにアルバムを出していない。いや、出してはいるのだが、ファースト・アルバム、セカンド・アルバムとも発売禁止になってしまった、いわくつきのバンドだ。その事実だけで、日本のミュージックシーンの片隅に名を残している（たぶん）と言ってもいい。

発禁の理由はラジカルで煽動的な歌詞だった。『銃をとれ』『最終指令〝自爆せよ〟』『世界革命戦争宣言』タイトルだけ並べても、そういうのばっかり。

そんなわけだから、私が頭脳警察を知った十五歳の頃、曲を聴くことができるのは、ラジオの深夜放送の中だけだった。埼玉の田舎町の、何も知らないハナ垂れのくせに知ったかぶりのクソ生意気なガキだった私は、発売禁止歌特集なんて番組があると、朝までラジオにかじりついた。クソ生意気仲間から幻の発禁レコードを借りてカセット（！）に吹き込んだりした。でも、一度、生で聴いてみたい。そこで埼玉のハナ垂れガキは、行きました。はるばる東京の日比谷野音へ。

頭脳警察はたった二人のバンドだった。ギター&ボーカルのパンタとドラムのトシ、以上、という潔さ。音のことは詳しくない私でもわかるほどけっして上手いとは言えなかった。でも、よかったな。いまでも覚えてる。『ふざけるんじゃねえよ』『さようなら世界夫人よ』『歴史から飛びだせ』

歌詞の意味なんてまるでわかっちゃいなかった。彼らのその後を見ていると、当人たちだってどこまで深く考えて歌っていたのか疑問だ。だが、それでもいいのだ。

歌って、もともとそういうものじゃなかったかしらん。間違ったメッセージでも、テクニックが稚拙でも、誰かに叫びたくて、何かを伝えずにはいられなくて、唇から飛び出してしまうものじゃないのかい。

あまりオヤジ臭いことは言いたくないが、CMやテレビドラマとタイアップした世渡り上手の今どきのヒットソングは、発売されるあてのない曲ばかり作り続けていたお馬鹿な彼らの歌に比べたら、耳もとでメロディーつきのマーケティング企画書を読み上げられているみたいだ。たまさかカラオケなんぞに行くと、若い連中に馬鹿にされない曲を懸命に探したりしている私が言うのもなんだけどね。

ねぇ、そこの若い君。歌わされるなよ。踊らされるなよ。

（2001年10月号「小説すばる」）

## とても恥ずかしくて、とても懐かしい。

「青春」という言葉がなんだか気恥ずかしいのは、僕だけだろうか。『青春と読書』の編集部の人たちはどうなんでしょう。「えー、青春と読書編集部の者です」と名乗る時、一瞬、口ごもったり、相手から目を逸《そ》らしたりしません？

僕は口ごもるし、目を逸らす。自ら進んでこの二文字を口にすることはまずなく、自分の小説の中でもストレートな意味合いで使ったことはないと思う。

といって、嫌いな言葉ではないのだ。他人の文章の中に居心地よく収まっているのを読んだ時や、気持ちのいい曲の歌詞として、不意打ちみたいに耳に飛びこんできた時など、胸の中に甘いソーダ水が満ちる。

青春という言葉が恥ずかしいのは、それが、僕自身にとって恥ずかしい時代だったからかもしれない。当時は格好いいと信じこんでいた、へんちょこりんなファッション。世の中や未来が自分の思い通りになると錯覚していた、生意気で青臭いせりふ。自意識過剰で、些細《ささい》なことにいじいじしていた、やることなすことのすべて。

何かの折に思い出した時には、身をよじって布団の中にもぐりこみたくなる。だが、そのくせ、懐かしくて、繰り返し繰り返し思い出さずにはいられないのだ。

ときどき僕は、おそるおそる、自分の年齢よりずっと若い人間を小説の主人公に選ぶことがある。いままでに出した長篇十七冊の十七人のうち、ティーンエイジャーが四人、二十代が二人。

六人とも、書いている僕自身が、おいおい、もうちょっとしっかりしろよ、と声をかけたくなるやつらだが、作者本人が言うのも妙な話だけれど、その青さやまっすぐさが羨《うらや》ましかったりする。

もしかしたら僕は、もう戻れない時代を、小説の中でささやかに取り戻そうとしているのかもしれない。「しっかりしろよ」と声をかけているのは、昔の自分に対してであるような気がする。

（２００８年６月号「青春と読書」）

## ネッシーが見たい！

ネッシーが好きだ。

占いや幽霊は信じないが、僕はこの地球上のどこかに、恐竜が生き残っていると信じている。

ツチノコやイエティも好きだ。ようするに「いるかもしれないが、誰も見たことのない未確認生物《UMA》」が大好きなのだ。

たまさかテレビで『○○湖で謎の巨大生物を発見?!』などという番組が放送されると知ると、もう我慢できない。チャンネルを合わせ、なおかつ決定的瞬間を見逃さないようにビデオをセットする。

考えてみれば、もし本当に発見されているのなら、とっくに大ニュースになっているはずで、当然のごとく、毎回肩すかしを食わされる。

だが、あきらめない。番組のエンディングの「しかし、ここに未知の生物が潜んでいることは、誰にも否定できないだろう――」なんて捨てゼリフみたいなナレーションに、でも肯定もできないぞ、などとヤボな茶々は入れずにうんうんと素直に頷き、今回は運が悪かった。まだ他がある。と僕はポジティブに考える。

そう、まだまだ他があるのだ。

コンゴの奥地には、現地の人々から「象の体と蛇の首を持つ」と言われている〝ムベンベ〟という名の生き物がいる。

北米のシャンプレーン湖では、ネッシーに似た恐竜（正確に言えば首長竜）〝チャンプ〟がしばしば目撃されている。

アマゾンにはナマケモノの祖先、体長六メートルもあるメガテリウムが棲息し続けている可能性がある。

オーストラリア北部の森には全長九メートルのオオトカゲが――

ああ、一度でいいから見てみたい。桂歌丸でなくてもそう思う。

金と暇があれば、一年ぐらいネス湖のほとりで双眼鏡を片手に暮らしてみたい。

僕が子どもの頃、世界にはまだ人跡未踏の地がたくさんあった。二十世紀の地球は、どこにどんな生き物が暮らしていても不思議はない場所だった。

しかし、いまや人類に行けない場所はない。あらゆる秘境にテレビカメラとタレントが入りこむ。秘境に住む人々もナイキのTシャツを着てファッキン・ポーズをしたりする。南極大陸に豪華ツアーが組まれ、惑星探査機がおせっかいにも、火星や金星に生き物がいないことを暴露する。

未確認生物には生きにくい時代になってきた。未確認生物を信じる馬鹿な大人にも。

それでも、信じたい。

いや、だからこそ信じたい。

はるか彼方の人外魔境の湖で、長い首をもたげ、大きな体を悠然と泳がせる不思議な生き物のことを。


（2005年7月号「オール讀物」）

# きゅうりの挽き肉炒め

自分の常識は世間の非常識、ということはよくある。たいていのことは世の中を知り、揉まれるうちに軌道修正していくものだけれど、案外に気づかないままなのは、味覚に関してだ。

僕の埼玉の実家では、油揚げを焼いて食べるのが朝の定番メニューのひとつで、子どもの頃は、油揚げとは、どこの家庭でもそういうふうに食べるものだと思っていた。

そうじゃないことがわかったのは、中学時代。バスケット部の朝練中、ゲロを吐いてしまった時だ。

「お前、朝、いったい何を食った」という先輩に、「焼いた油揚げ」と答えて、なぜか怒られた。「そんな変なもん食うからだ！」

そうか、焼いた油揚げを朝ご飯のおかずにするのは、変なのか。うまいんだけどな。

大学には実家から通っていて、家へ遊びにきた九州の友人に麦茶を出したら、妙な顔をされた。

「この麦茶、砂糖入ってる？」

「うん」それがなにか？

「ふつう入れないだろ」

え？　ふつう入れるだろ。


昔、広告の仕事をしていた頃、こんなアンケート調査をしたことがある。

『あなたは目玉焼きに何をかけますか？』

じつは僕はソースです。パンの時もご飯の時もウスターソース。

もうじゅうぶん世間に揉まれた年齢だったから、醤油派が多いであろうことはわかっていたが、ソース派も少なくないはずだと思っていた。集計結果を見るまでは。

結果は予想をはるかに超える惨敗。

醤油派が全体の三分の二で、ソース派は「塩」「ケチャップ」と僅差の十パーセント台。

えーっ、みんな、目玉焼きにソースかけないの？　おいしいと思うんだけど。

まあ、逆に言えば、少数とはいえ「目玉焼きにソース派」も存在するわけだ。焼いた油揚げは、最近では居酒屋メニューで見かけることがあるし、麦茶に砂糖を入れていたのは、時代や地域の影響もあったのだと思う（近所の友人の家でも、確か砂糖を入れてた）。僕のいまの家庭ではもちろん入れたことがないし、埼玉の実家でもずいぶん前から砂糖は入れなくなった。

でも、僕の実家以外では、いままでに一度もお目にかかったことのないメニューがひとつだけある。

きゅうりの挽き肉炒めだ。これも子どもの頃の定番メニュー。弁当にも入っていた。つくり方は簡単。基本的には、きゅうりと挽き肉を醬油で炒めるだけ。食べ方にコツがある。おかずにするというより、どばっとご飯にかけて食べるのだ。

うまいんだな、これが。

このメニューは､僕の家でも再現し、ときおり食卓にのぼる。奥さんはいまだに「不気味で怪しい食べもの」だとしか思っていないようだが、子どもたちにも評判がいい。

いったいどこのどんな料理なのか。一度、母親に聞いたことがある。

「あれって、どういう料理？」

母は首をひねった。自分で考えたわけではなく、誰かに教わったのだと言う。

「誰に？」

「さあ？」
さあって。やっぱり不気味で怪しい食べものだ。

【きゅうりの挽き肉炒め（四人前）】
①きゅうり二本を粗め長めの千切り（冷し中華に載っけるやつぐらい）にする。
②挽き肉（牛でも合い挽きでも）２００ｇを適量の醤油、ごく少量の酒、みりん、砂糖とともに炒める。
③きゅうりを加え、しんなりしてきたら、できあがり。あつあつのご飯に載せてどうぞ。

（２０１５年１月号「小説現代」）

## タイアップ番組の氾濫

原稿書きが終わった後、ずるずる酒を飲みながら深夜番組をぐだぐだ見るのが僕は好きなのだけれど、最近、妙にひっかかって、ずるずるやぐだぐだがお気楽にできなくなることがよくある。

タイアップ番組だ。多すぎやしないか。有名ファミレスチェーン○○の人気メニューベスト10を当てろとか、注目企業△△の秘密大公開なんていう番組。どう考えても○○や△△は番組の裏スポンサー、あるいは協力企業。制作費の一部を負担（あるいは何がしかを無償提供）しているに違いないのだ。

いいのか、これで、と思う。一緒にテレビを見ているウチの子どもたちが、「あ、これが1位かぁ。明日食べに行こ」なんて言い合っているのを聞くとなおさら。

僕はもともと広告の仕事をしていた人間で、いわば片棒をかついでいた側だから、偉そうなことは言えないが、それでも、ここまでやるのか、とずるずる酒の手が止まってしまう。

悪口、言えないじゃないか。まずくても、うまいと言うしかなくなる。悪口を言うのがメディアの仕事のようなものでしょう。ファミレスの料理のうまいまずいだって、情報は情報でしょうに。

もちろん、番組タイアップは昔からあった。プロレス中継で、試合の合間にいきなりリング上（血まみれの！）を掃除機で掃き清めはじめ、アナウンサーが「ただいま三菱の風神で清掃しておりまーす」なんて実況を入れたり、刑事ドラマで、犯人の車だけスポンサーの自動車メーカー以外のボロ車だったり。だけど、アホらしいほどわかりやすくて、視聴者も納得ずくだったはず。

だってだよ、もしこれを小説でやっちまったら、どうなる？

『彼は銀色のコンバーチブルで湘南海岸をめざした』

なんていう描写に出版社からお達しがあるのだ。「車はこの雑誌に広告出稿しているメーカーの新車にしてください。でないと掲載できません」

で、泣く泣く書き替える。

『彼はトヲタのブリウスに乗って湘南海岸をめざした』

これでも許してもらえない。「あ、低燃費のこともちゃんと書いてくださいね。海岸は、取引銀行系列のからみで、九十九里浜でお願いします」

結局、こうなる。

『彼は低燃費ナンバーワンのトヲタブリウスに乗って、鰯崎プリンセスホテル（一泊¥８６００より）の建つ九十九里浜をめざした』

僕が広告の仕事で学んだのは、スポンサー付きの表現は、何を高らかに謳おうが、心の底からのメッセージにはならないことだ。

誰に文句を言いたいのか自分でもよくわからないのだけれど、こういうの、いつか自分たちの首を締めることになると思う。

なんてことをくどくど言いつのっていると、子どもたちに「面倒臭いオッサンだな」というふうに顔をしかめられる。

「タイアップでしょ。そんなのわかって見てるよ」

え、そうなの？　なんかお前ら大人だな。でも、それでいいのか？

「だったら、見なきゃいいじゃん」

そりゃあまぁ、そうなんだけどさ。


（2010年3月5日号「週刊ポスト」）

## あの日にタイムスリップ

1969年7月21日。

かつてポルノグラフィティのメジャーデビュー曲「アポロ」を聴いた時、僕は「ああ、自分も年をとったもんだ」とつくづく思った。なにせ歌詞がこうだ。

「僕らの生まれてくる　ずっとずっと前にはもう　アポロ11号は月に行ったっていうのに」

悪かったな、ずっとずっとずっと前で。僕はアポロ11号が人類初の月面着陸に成功する、ずっとずっと前に生まれている。

1969年。僕は中学一年生だった。アンテナの故障か放送事故かと思う、恐ろしく不鮮明な宇宙からの映像をひたすら眺めていた記憶がある。夜中も早朝も昼も。なぜ、中一の分際でそんなことができたのだろう。正確な日づけを覚えてなくて、今回これを書くために調べて合点がいった。日本時間の7月21日。ちょうど夏休みに入っていたのだ。

人類がまだ、科学の進歩によって自分たちに輝かしい未来がもたらされると胸をふくらませていた時代だ。夏休みが始まったばかりの中学生のように。

この頃の少年少女向けの科学特集によれば、21世紀には、大気圏外をロケットが飛びかい、月や火星に次々と都市が建設されるはずだった。僕は将来自分が地球以外の場所に住むようになった時、想像図に描かれている居住地を包むドームのガラス（当時はガラスしか素材が思いつかなかった）が割れたら、どうなるのだろうと本気で心配したものだ。

とんだ杞憂《きゆう》だった。21世紀は、かつての子どもたちが夢見た未来とはずいぶん違う。星間連絡船も火星コロニーもない。そのかわりにどんな科学特集も予測していなかったインターネットやバイオテクノロジーが発達した。電話をポケットの中に入れて持ち歩け、それで写真が撮れたり、文字を送れたりするなんて、40年前には月面基地よりも信じられないことだったはずだ。地球温暖化も海面の上昇も酸性雨もオゾン層の破壊も。

地球温暖化にはガセネタ説を唱える人もいるが、人間がロクなことをしていないのは事実だ。この何十年かで人間は、科学がすべてを解決する魔法ではなく、諸刃の剣であることを知った。それなのに、自分たちに向けられている刃に見て見ぬふりをし続けている気がする。人のことは言えない。エアコンやネットのない生活が考えられなくなっている僕だってそうだ。

月面基地や火星コロニーどころじゃなく、いまの自分の足もとをなんとかしないとね。冷笑はやめて、少しずつでもね。


（２００８年12月号「小説すばる」）

# 運動会のすごいやつ

東京にオリンピックを誘致、なんてニュースを目にすると思ってしまう。あれ、またやるつもりなんだ。このあいだやったばかりなのに、と。

前回の東京オリンピックからもう半世紀近くが経っているのだから、開催地に立候補しても別に不都合はないのだろうが、こちらはリアルタイムで記憶しているから、それほど昔とは思えないのだ。いや、自分をそれほど昔の人間だと認めたくないだけかもしれない。

1964年の東京は、物心がついて初めて観たオリンピックだ。開会式の様子は覚えている。航空自衛隊のブルーインパルスが空に描いた五輪マークも。白黒テレビだったから、どの輪っかが何色か、まったくわからなかったけれど。

とはいえ、小学二年生だった僕には、競技の記憶はまるでない。昼間は学校へ行ってたし、たぶん放課後は遊びに出かけちゃって、昔の子だから、夜は早い時間に寝てしまっていたのだと思う。

覚えているのはマラソンぐらいだ。裸足で走るアベベ選手が金メダル。円谷《つぶらや》選手が二位で国立競技場に入ってきて、最後の最後でイギリスのヒートリー選手（なぜか名前まで記憶している）に抜かれて銅メダルになった。その時に小学二年のプリンみたいな脳味噌で感じたオリンピックの第一印象は、大人へ大人が必死に声援を送る、運動会のすごいやつ、だ。

というわけで、今年もやってきます。運動会のすごいやつが。

いまでは、オリンピックはしっかり観る。ときには深夜や朝早く、目をしょぼつかせながら観る。日本の選手が活躍しそうな競技ばっかり。

よっしゃ、行け、勝て、抜け。参加することに意義ぃ？　なんぼのもんじゃい、と。

こういうのどうなんだろう。

五十半ばのオッサンの糠床《ぬかどこ》みたいな脳味噌でも、ときおり我に返って思うのだ。自分では一メートルも走らず、泳がず、痛い思いもせず、ハンマーや槍《やり》じゃなくてビールグラスを片手に、国の威信だとか、日本の誇りなんてのを、自分の子どもみたいな年頃の選手たちに背負わせちゃうのは、かわいそうじゃないかと。勝つのは選手であって、自分たちじゃないんだものね。負けていちばん悔しいのは、テレビを消して「次、何を観よう」ですましてしまう僕らじゃないものね。円谷選手も（国の期待が原因なのかどうかはわからないけれど）、自死してしまったしね。

「我々が払った税金で行かせているのだから『楽しんでくる』なんて発言は、言語道断」なんて意見をときたま見受けるけれど、その税金ってあなたの分はいったい何円？

ロンドンオリンピックこそ「できれば日本の選手にがんばって欲しい」というぐらいの余裕で楽しみたい、よその国の選手に「そこでコケろ」なんて念じない冷静さで観たい、と思う。理性的な部分では。ふふ、でも、どうせならいちばんいい色のメダルが見たいな。

どこの国の選手が勝っても楽しいのは、陸上競技でしょうかね。これこそ本当に、運動会のすごいやつ。テレビの前にビニールシートを敷いて、おいなりさんと茹で玉子を食べながら観戦してみたいと思ったりするのです。

（２０１２年７月号「Ｊ－ｎｏｖｅｌ」）

## 〝結婚〟と書いて〝ボケとツッコミ〟と読む。

結婚をテーマに何か書いてくれ、という依頼を受けて、ふと気づいたのだが、僕たち夫婦は来年、銀婚式だ。

四半世紀が経っているのに、いまだに、結婚とはなんだ、と聞かれても、うまい答えがすぐには見つからない。

確実に言えるのは、もし、うちの奥さんと結婚していなければ、僕の人生はずいぶん変わっていただろうということ。あまりいい方向にではなく。違う人と一緒になっていた場合もしかり、だ。

ひねくれた性格の僕と違って、うちの奥さんはねじくれたところがない。基本的に能天気で、人や物事を疑わない性格だ。天然ボケという言い方もできる。

子ども二人がまだ小さく、しかもバブルが崩壊した時期に、会社を辞めてフリーのコピーライターになる、僕がそう宣言した時も、あっさり賛成してくれた。「絶対、うまくいく」という何のあてもない言葉を信じて。

その数年後、独立が軌道に乗り、時間が自由に使えるようになった僕が、今度はいきなり「小説を書く。二カ月ほど家庭放棄して、仕事場に泊まり込みたい」と言った時も「おーっ」と面白がってくれた。

このいずれかの段階で、「馬鹿を言わないで」「生活はどうするの」と冷静につっこまれていたら、僕は小説家にはなっていなかっただろう。天然ボケに助けられた。

とはいえ、ふだんの生活の中では、どちらかというと、僕のほうがボケで、奥さんがツッコミだ。物事を斜めに見たり、世間を舐めたことをしようとすると、叱られる。おかげで子どもたちは、ちゃんとした性格に育った。僕のひねくれも若干だが矯正された。

あえて答えるとしたら、結婚というのはコンビを結成するってことじゃないだろうか。僕らの場合、その時々で、一方がつっこみ、もう一方がボケて、うまくやってきた気がする。そして、コンビを解消することなく長く続けてこられたのは、目指すお笑い――じゃないや、目指す暮らし方が、お金やモノがなくても楽しくやれるよね、という基本的な部分で一致していたからだと思う。

総合的に言えば、僕がややツッコミ型、奥さんのボケ率が高い。長くそう信じていたのだが、子どもたちが成長すると、夫婦揃って子どもたちに諭されることが増えてきた。

それでわかった。じつは二人ともボケ担当だったのだ。

（２００８年6月号「小説すばる」）

## 男の子育て

息子、続いて、娘。僕に二年続けて子どもが生まれたのは、バブルが始まった頃だ。当時の僕は、好景気に浮かれた広告業界にいて、毎日、ひたすら忙しかった。週に一、二度は会社で徹夜。土日もたいてい休日出勤。

おしめを替えたり、風呂に入れたり、それなりに育児には参加したつもりだが、なにせ接する時間が短いから、どちらの子の場合も、初めて笑った瞬間も、つかまり立ちをした時も、歩きはじめた時も、最初の言葉を口にした場面も、ほとんどリアルタイムでは目撃していない。

惜しいことをした、と思う。息子に冷蔵庫で冷やしておいたビールをかっさらわれ、娘が自分とよく似た顔に化粧なんぞをする年になったいまになって、つくづくと。

子どもが最も愛らしく、親を全身全霊で信頼し、口答えも、オヤジギャグを鼻先で笑いもしない、あの素晴らしい日々は、もう二度と帰らない。仕事なんかほっぽり出して、ベビーベッドの前に一日中張りついていればよかった。

男の子育て——という言葉はよく聞くが、女の子育てという言葉は、あまり口にされない。「真冬のサンタクロース」といちいち断る必要がないのと同じく、ごくあたり前のことだからだろう。男の子育ては、まだまだ「真夏のサンタクロース」。この言葉自体、参加が足りないことの裏返しだと思う。

自分のことを棚に上げて——それこそ神棚ぐらいの高さの棚ですね——あえて言えば、男はもっと子育てへ積極的にかかわるべきだと思う。かかわらなくちゃ、もったいない。

「でも、仕事があるし」とおっしゃる、そこのあなた。子どもの成長は早いですよぉ。あっと言う間だ。ウチの子だって、ついこないだまでおしゃぶりをしていたのに、ふと気づけば、いつのまにやらメンソール煙草をくわえている。

確かに育児には金がかかる。特に子どもが小さいうちは、母親は働けないか、働くのを制限されるから、乳も出ず、母性本能も発揮できない男のほうが外へ出て稼ぐ、というのが昔ながらの図式かもしれない。

だが、エサを運ぶだけなら、鳥でもできる。子育てを放棄して遊び歩いてしまうのは、牡ライオン以下。子どもが乳幼児の頃は、仕事はテキトー、育児はシッカリ、ぐらいでちょうどいいと思う。

豊富とはいえない僕の体験から言っても、育児は楽しいし、多くの示唆に富んでいる。おしめの中でこの世の真理を知ることもあるし、子どもの素朴きわまりないひと言に、人の道を教えられることもある。仕事テキトーでも、だいじょうぶ。案外、職場よりベビーサークルの中に、ビジネスチャンスがころがっていたりするものだ。

バブルが弾ける頃、僕は会社を辞め、フリーのコピーライターとして独立した。おかげで少しは時間が自由に使えるようになった。

僕はそれまでの埋め合わせのつもりで、毎晩、寝る前の子どもたちに、語り聞かせをすることにした。最初は自分が知っている童話や小話だったのだが、すぐにネタが尽き、即興の物語を創作して、聞かせるようになった。ほぼ毎日。下の子が幼稚園に入った頃から上の子が小学校を卒業して子ども部屋を分けるまでの間だから、六、七年間。

もちろん子ども相手のたわいない話だが（うんこネタは極めて有効）、喜ばれると嬉しい。しだいに「ここで一発、笑いをとろう」「もう少しハラハラさせよう」などとあの手この手の工夫をするようになり、子どもたちが成長していくにしたがって、「ホラー的な要素も」とか「友情をテーマに」とストーリーもエスカレートさせていった。

これを始めた頃の僕はまだ、小説を書こうなんて、これっぽっちも考えてはいなかったのだが、いま思えば、この七年間が、ストーリーテリングというものにめざめ、フィクションのなんたるかを知るきっかけになった気がしている。

そう、子育ては、自分自身を育てることでもある、と思うのだ。

（２００８年３月号「Ｖｏｉｃｅ」）

# 石橋を叩くな。

先日、センター試験を受けに行ったうちの娘が、試験官からトレーナーを脱がされた。

信じられない。話を聞いて腹が立った。

といっても、別にセクハラを受けたわけではなく、問題は娘の着ている英文字入りのトレーナーだった。

「英語のロゴ等が入っているものは、試験に影響を及ぼすおそれがある」からだそうだ。事前にきちんとした通達があったわけではなく、娘の他にも多数の受験生が同じ目に遭ったらしい。

地図をデザインした服もダメ。二時間目が地理歴史だったからだとか。

馬っ鹿じゃなかろうか。

だったら腕時計のロゴや表示は？　鉛筆や消しゴムやシャープペンは？　眼鏡のつ

るにだってブランド名が入ってるやつがあるぞ。他にやることがあるだろう。ケツの穴が小さすぎる！　ああ、いけない。つい興奮して下品な言葉を使ってしまった。言い直します。

アナルの直径が狭すぎる！

二日目は国語だったから、私は娘に「徹底抗戦だ。漢字の入ったトレーナーを着て行け」と言ってしまったが、残念ながらうちにある漢字入りの服は「海人《うみんちゅ》」Tシャツしかなかった。

こういう杓子《しゃくし》定規で事なかれ主義の役人根性には、腹が立ってしかたない。保身第一。前例第一。規則第一。いっつも安全な高みを探して、そこから下へ号令をかけようとする屁タレ体質が、いまあちこちで弊害を起こしている気がする。

私だって小心者だから、特別危ない橋を渡って生きているわけじゃないが、それでも言いたくなる。少しはリスクを背負ってみろよ、と。

石橋を叩くな。

大樹の蔭《かげ》に寄るな。

たまには勝負したらんかい！

などと毒づきオヤジになっていたら、その直後、センター試験に国語教科書と同じ文章が出題されてしまったというニュースが流れた。問題の一部がネットに漏洩《ろうえい》した可能性があるという話も。

大馬鹿だ。

きっと叩きすぎて、石橋を自分たちで壊しているんだな。

（２００５年３月号「Ｊ-ｎｏｖｅｌ」）

## わが家の高校球児

僕らが子どもの頃、男の子のスポーツといえば野球だった。

サッカーボールは誰も持っていないのに、なぜかみんなグローブとボールは持っていて、二人きりならキャッチボール。三人集まれば二人がバッテリーを組み、もう一人が打つ。四、五人揃えば、試合になった。

当時は空き地がいたるところにあったから、場所には困らない。原っぱの草をならして段ボールのベースを二つ置く（いわゆる三角ベースってやつです）。一チーム二人でも人数が奇数でも問題なかった。キャッチャーは塀。あるいは一人が両チームのキャッチャーを兼任する。

みんなが野球少年。Jリーグができる四半世紀以上前、メジャーなプロスポーツが野球と相撲ぐらいしかなかった頃の話だ。

スポーツ＝ほぼ野球だから、野球のうまい子＝スポーツエリート。中学生になって野球部に入部するのは、そんな一部のスポーツエリートたちだ。その他大勢はやむをえず（？）新たな可能性を求めて、ほかの部活を選ぶ。僕の場合、ルールもろくに知らないバスケット部に入った。

中学校ですらそうなのだから、高校球児なんてもう、スーパースポーツエリートだ。中学の野球部のエースや四番がやっと潜り込めるのが高校の野球部であり、そこにいる彼らは一般の野球小僧とは次元の違う雲の上の人。あの頃の僕はそう思っていた。いや、僕だけじゃない。いま考えれば、当時だって下手な子の集まる高校野球部もあったはずだが、同級生たちの共通認識だった気がする。

たぶん僕らの中学に隣接する高校が、甲子園に何度も出場したことがあり、プロ野球選手も数多く輩出している強豪校だったせいだと思う。フェンスから垣間見る高校のグラウンドの大半を我がもの顔で占拠している高校球児たちは、中坊の目には馬みたいにでっかく見えた。

中学校の同級生で甲子園に出場した男が一人だけいる。中学では野球部のエースだった。ベンチ入りしたものの、結局、伝令として登場したシーンがテレビに映っただけだったが、それでも同窓会では語り種《ぐさ》だ。

そういう時代に生まれたから、自分に子どもができたら野球を教えるのが父親の務めだと僕は思い込んでいた。だから、息子にも娘にも教えた。

とことこ歩きの頃から、ビニールのボールとグローブでキャッチボール。言葉もおぼつかないうちにルールを説き、すりこぎみたいな小さなバットでバッティング練習。いやあ、懐かしい。子どもたちの幼い瞳は、父への尊敬に輝いていた(と思う)。父ちゃんの投げる球は世界一速く、バットを振れば世界の涯《はて》まで飛んでいく——まあ、すぐに真実を知られることになるのだけれど。

だが、中学に入学した二人の子どもが選んだ部活はどちらもバスケット。たぶん漫画『スラムダンク』の影響だろう。もうスポーツ＝野球(女の子はバレーボールかテニス)という時代じゃなくなっていたのですね。


ところが。

長い長い前置きになってしまったけれど、じつは、ここからが本題です。

ところが。息子が高校に入った時、何を思ったのか、いきなり野球部に入部したのだ。もともと観るスポーツとしては野球が好きであったのだが（これは僕の責任だと思う。赤ん坊の頃からタイガースのハッピやユニホームを着せてテレビの前や球場で一緒に応援していたから、僕以上の阪神ファンになってしまった）、競技として本格的にやっていたわけじゃない。

だいじょうぶなのか。高校からだなんて。「高校球児＝雲の上の人」という子ども時代の発想から抜け出せないままの僕は、通用するはずがない、すぐに辞めてしまうのではないか、と危惧した。が、よけいなお世話だったようだ。

息子は辞めなかった。それどころか、楽しそうだった。僕らの時代の運動部みたいなシゴキや先輩からのイジメなどとは無縁の野球部のようだった（僕自身は中学時代のバスケ部での上級生の暴力にすっかり懲りて、高校時代には部活に入らなかった）。

よく自主練習を手伝ったものだ。

硬球でのキャッチボールはグローブ越しでも手が痛い。へたにキャッチャー役なんぞを買って出て、ワンバウンドのボールが股間に当たると悶絶《もんぜつ》する。僕の投げるボールはへろへろだが、息子のを受けると、グローブがズバンと小気味いい音を立てた。

バッティングセンターにつきあうこともあったが、打球音が情けないほど違う。思わず尊敬の目を向けてしまった。

昔とまるで逆だ。

河川敷の区営グラウンドで練習をしていて、何度も監視員に怒られた。それではと、夜、自宅近くの児童公園でバドミントンの羽根を使ったバッティング練習をしていると、今度は、公園脇の民家のオッサンに「何時だと思ってるんだ」と怒鳴られた。

でも、楽しかった。息子が練習相手がいない時にしかたなく僕を指名していることはわかっていたけれど、ひととき、チチローみたいな父子鷹《おやこだか》になったような夢を見られた。

三年の夏、息子はついにレギュラーの座を摑《つか》んだ。都立高校の野球部だから髪形は自由だったのだが、地区予選が迫ったある日、気合を入れるためとかで、いきなり坊主頭になった。

僕は高校球児の丸坊主姿は、あまり好きじゃない。軍隊じゃあるまいし、サッカー選手みたいに好きにさせてやればいいのに、と常々考えている人間なのだが、その時だけは、思ってしまった。

ふむ、なかなかすがすがしいな、と。親馬鹿だ。

もちろん試合を見に行った。

二塁手の息子のところに打球が飛ぶたびにひやひやした。序盤から劣勢だったが、大差が開くというほどでもなく、息子が打席に立つと僕は夢想した。あいつが起死回生の一打を放って試合をひっくり返すシーンを。

試合中盤、まだ二打席目だったと思う。息子は自打球を顔面に当ててしまった。鼻を押さえた両手の間から血が零《こぼ》れ落ちるのが、観客席からでもわかった。

息子は退場し、そのまま打席には戻れず代打を送られた。鼻骨骨折だと後で判明した。

駆けつけたベンチ裏で、寝かされていた息子は悔しさで泣いていた。救急車で運ばれようとした時、ユニホームのポケットから何かを取り出して、僕に渡してきた。

くしゃくしゃになった紙切れだった。

試合が近くなったある日、何か激励の言葉を書いてくれと息子に頼まれて、なにげなく書いて渡したものを身につけていたのだ。汗で滲《にじ》まないようにラップでくるんで。何と書いたのか、はっきりとは覚えていないし、覚えていたとしてもここでは恥ずかしくて書けないような言葉だったと思う。

僕も泣いた。葬儀場や映画館以外の場所で人前で泣いたことなんて、たぶんその時ぐらいだと思う。

結局、チームは試合に敗れ、息子の夏は終わった。だが、高校球児が雲の上の人だと思っていたかつての野球小僧の僕は、たった一試合でも高校球児として試合に出た息子を、羨ましく思う。自分は何もしていないのに誇らしく思う。いまでもときどき自分のことのように人に鼻高々で自慢してしまう。

鼻高々といえば、鼻骨骨折を治療した医者がどこをどうしたのか、それ以来、息子の鼻は5ミリほど高くなった。

（2017年2月号「J-novel」）

## 風に吹かれてボブ・ディラン

——ジャパンツアー2010観戦記

PM5時45分　Zepp　Tokyo

２０１０年３月23日。僕はお台場のＺｅｐｐ　Ｔｏｋｙｏを取り巻く列の後尾に加わった。ボブ・ディランの九年ぶりの日本公演、ライブハウス限定ツアーを聴くためだ。春風に誘われてと言いたいところだが、もう桜の開花宣言が出ているのに、風は冷たい。

あらかじめ断っておくと、僕はボブ・ディランの特別なファンじゃない。彼のライブを聴いて十枚の原稿を書け、という小説すばるの依頼も、あいつなら年代的に合ってるだろうという程度の人選じゃないかしらん。

確かに僕らの世代は、好き嫌いにかかわらずディランのことを知っているし、当時の曲は自然に耳にしている。ビートルズとは別の意味で特別な存在だ。だから僕も「ああ、ボブ・ディラン。もちろん知ってますとも」と気軽に依頼を受けたのだけれど。だいじょうぶかいな。寒いな、しかし。雨も降りそうだ。

ＰＭ６時　開場

初めて入るＺｅｐｐ　Ｔｏｋｙｏは、二階席以外は立ち見。街中のライブハウスを小ぎれいにして、数段でかくしたような施設だ。収容人数はスタンディングの場合で二千七百人だそうな。

席というか場所は、一階の中ほど。ステージが想像以上に近い。あの世界のボブ・ディランを、こんなそばで見られるのか、見ちゃっていいのか、と戸惑うほどの近さだ。

来場者の年齢はさまざまだった。去年行った、日本武道館のロッド・スチュワートや、東京ドームのサイモン&ガーファンクルの公演では、僕と同世代かさらに年上の人たちが多くて、綾小路きみまろのライブ会場みたいだ（行ったことはないのだが）なんて思ったものだが、今日は若い人も意外なほど多い。

僕がボブ・ディランに出会ったのは70年代になったばかりの、中学生の頃だ。好きだった音楽は、ディランというより、日本のフォークソングだった。吉田拓郎や遠藤賢司、高田渡、RCサクセション、加川良、六文銭（このあたりの名前をご存じでなかったら、読み流してください。自分には列記する義理があるような気がしているだけですので）、まず彼らを知り、その延長線として、ボブ・ディランに突き当たったという感じだ。

初めて聴いた曲は『風に吹かれて』だと思う。第一印象は「あれ？　吉田拓郎に似てるな」だった。もちろん実際には吉田拓郎がボブ・ディランの影響を受けていたわけなんだけど。

彼が世界を席巻したデビュー当時をリアルタイムで知っているわけじゃない。ディランはその十年近く前から、「フォークの神様」と呼ばれていて、メッセージソング（またはプロテストソング）の象徴的な存在だった。フォークを聴く人間、やる人間にとって、影響を受けるのが必然みたいな人だ。

彼が歌う歌詞には特別な意味がこめられていると見なされていた。『風に吹かれて』は、人種差別への抗議。『はげしい雨が降る』は、「雨」が放射能を意味する反戦の歌。彼自身がいくら言葉を濁しても、聴く人間はそう考えた。僕もディランを、ライナーノートや訳詞を読みながら聴いた。

僕がフォークソングに熱中したのも、メロディよりまず歌詞、そのメッセージ性に惹かれたからだ。それまで世の中に――少なくとも僕の周囲に――あふれていた曲は、ドメスティックな愛だの恋だのばかりを歌う歌謡曲か、メロディはきれいだけれど歌詞が意味不明な洋楽か、歌詞すらない映画音楽ばかり。新鮮だった。聴くのは主にラジオ。テレビで流れることはまずなかった。サブ・カルチャーという言葉がまだない時代のサブ・カルチャー。インディーズという概念がない頃のインディーズだったのだ。

中学を卒業する頃には、放送禁止用語連発のレコードを親にバレないボリュームで聴いたり、髪がおそろしく長い兄ちゃんやストレートヘアをバンダナで包んだ姉ちゃんたちが、煙草じゃない煙草を吸っていそうなコンサートに出かけたりしていた。

PM7時　開演

ボブ・ディラン登場。バックバンドは五人。ディランがよく見えない。センターマイクがしっかり見通せる好位置を確保したのに、なんと彼がステージ中央には立たず、右端でキーボードを弾きはじめたからだ。

一曲目は――ごめんなさい。知らない曲だ（後で『キャッツ・イン・ザ・ウェル』と判明）。いきなり僕のボブ・ディラン知ったかぶりのメッキが剝がれてしまった。知らない曲なのに、なぜかメロディが懐かしい。

ディランは、黒のコートに黒い帽子。白髪まじりになったとはいえ、昔と変わらないもじゃもじゃ頭。とても七十近い年齢とは思えない、カッコいいジジイになっていた。

二曲目でハーモニカを演奏。そうそう、このハーモニカがディランだ。

僕がボブ・ディランの初期の曲を聴きはじめた頃、当の本人はバンドを従えてエレキギターを弾く、ロック（っぽい）ミュージシャンになっていた。「ヤツはころんだ」などと批判されていた時期だ。そうなのだ、フォークソングは、商業主義にころんではいけない。そういう時代だった。日本でも吉田拓郎がテレビに出ただけで裏切り者扱いされ、ライブ会場には「帰れ」コールが起こった。いま考えれば、これもディランの影響のひとつだった気がする。

当時のディランは、僕ら日本のフォークソング小僧たちにまで揶揄《やゆ》されていた。「あいつ、もうだめらしいぞ。でかい農園付きの屋敷に住んで、馬を乗り回してるってさ」「農園？　馬はだめだろ、馬は」なんて。路上や小さなライブハウスで、アコースティックギターだけで歌う、それがフォーク。メッセージがなけりゃだめさ、なんて僕たちはニキビ面を撫でながら、したり顔をしていた。なにが「だめ」なのか、ろくに考えもせず。

PM8時頃　10曲目『戦争の親玉』

この歌は知っているはずなのに、すぐには気づかなかった。アレンジが変わっている。声も変わっていた。クセはあるがよく通るディランの声は、しわがれたダミ声になっていた。違う歌を違うミュージシャンが歌っているみたいだ。でも、それがけっして悪い感じじゃない。四十何年も経っているのだ。変わらないほうが不自然だ。

十代の頃に聴いたフォークソングをいまでも好きかと訊かれたら、僕の答えは、半分イエスで半分ノーだ。最近の日本のミュージシャンはみんな、昔より格段に巧い。メロディも洗練されているし、ラジオが唯一のメディアだった頃にはほとんど問われなかったルックスもいい。だけど、CMやドラマや映画とのタイアップにおあつらえ向きの、毒も薬もない曲ばかり聴いていると、つい言いたくなってしまう。「そんな歌詞でいいのか、ほんとに」「ころぶなよ、お前ら」我ながらめんどくさいヤツだとは思うのだが。

表現には、メッセージがなければ、だめ。

ガキの頃にしみついてしまったその思考回路は、いまも僕を呪縛している。本業の小説でも、ほんの少しでも何かしらのメッセージがなければ、書く意味がない、僕はそう思っている。で、文章上でしばしば「叫ぶ」。はたして自分に叫ぶ資格があるのか、と首をかしげつつ。

え、お前が？　あの小説が？　と人には言われそうだが、本当だとも。僕の頭の片隅では、いまでも警鐘が鳴っている。ころぶなよ、お前、と。アコースティックの伴奏つきで。

ＰＭ8時40分頃　アンコール1曲目『ライク・ア・ローリング・ストーン』

もうアンコール。時間を短く感じる。ということは、いいライブなんだろう。ボブ・ディランはずっと歌いっぱなしだ。

ＭＣなし。「ニホンノミナサン、コニチワ」なんてリップサービスもなし。ひたすら歌い、演奏するだけ。よけいなことはいいから、俺の曲だけを聴け、と言っているみたいに。

四十数年前のドキュメント・フィルムには、ディランのこんな言葉が紹介されている。

「馬鹿どもは僕の歌について書く。何を歌っているのか僕もわからないのに」

偽悪的な軽口だったんだろうが、案外、本音かもしれない。プロテストソングの旗手と呼ばれていた頃も、商業主義にころんだと揶揄された時も、そして五十年近く経ったいまも、じつはボブ・ディランは変わっていないのだ。変わったのは世間のほうだ。

## PM9時　最後の曲『見張塔からずっと』の前にメンバー紹介

ディランが初めて喋った。結局、歌以外で声を発したのは、この時だけだった。

ボブ・ディランは、「昔の名前で出ています」的な、元・大物アーティストとはあきらかに違っていた。

バリバリの現役だ。まだまだやる気なのだ。その気になれば東京ドームだって満員にできただろうに、この日本公演でわざわざ収容人数が限られたライブを十数回もこなすのは、きっとその矜持《きょうじ》があるからだ。若い客が多いのも、そのためだ。遅ればせながら気づいた。四十年前で音楽時計が止まっている僕なんぞと違って、いま現在のディランをよく知り、愛している人たちがここに集まっているってことに。

たぶん、メッセージなんてものは、いくら声高に叫んだって、本人が思うほど人には届いちゃいない。人は、一曲の歌や一冊の本で、ころりと自分を変えるほど馬鹿じゃない。メッセージは、叫ぶ当人のものではなく、受け手のものだ。一人一人が勝手に解釈すればいいものだ。叫ぶ資格もへったくれも、その前に、プロとしてできることをやらなくちゃ、「だめ」だ。

音楽を聴く時には、耳だけ澄ませていればいいものを、よけいなことを考えてしまう悪い癖は治っていないようだ。世界的なミュージシャンと十数メートルの距離で対面した、日本のしがない小説家の僕は、そんなことを考えていた。

（２０１０年5月号「小説すばる」）

# 4章　極小農園日記Part2〈春夏編〉

単行本刊行時に書き下ろし

# 極小農園リニューアルオープンのお知らせ

さて、いきなりですが、ここから極小農園日記パート2です。

僕が毎日新聞に『極小農園日記』を連載したのは、2008年の10月から翌年の3月までだ。書きたいことはそれなりに書いたつもりだし、最初から半年間という約束だったから文句は言えないのだが、極小農園主としては書き足りないというか、多少の心残りがあった。いや、正直に言おう。「多少」じゃなく、「大きな」心残りがある。

それはなにか。いまこそ声を大にして言おう。

**夏のことを、書いてない！**

菜園の最盛期はやはり夏だ。

トマト、キュウリ、ナス。家庭菜園の三大スターを定植し、育て、収穫するのは4

月から9月にかけて。ね、まるで毎日新聞の嫌がらせみたいにすっぽり抜けてるでしょ。秋冬物の野菜にもそれぞれに妙味はあるのだが、極小農園がいちばん賑わう華やかなシーズンについて自慢でき——じゃないや、紹介できなかったのが残念だった。

だが、十年の時を経て、その無念を晴らす時がきた。

『極小農園日記』を一冊の本にしないか、という話が持ち上がった時に、すかさずこちらから提案したのだ。じゃあ、夏篇を書きおろします、と。

というわけで、ここからは2017年の極小農園の状況を自慢——じゃない、ご報告できればと思っている。

まず最初に、この十年間に農園に若干の変化があったことをご報告したい。

七年ほど前、我が家は庭をリニューアルした。義父、義母の時代からあった庭石を移動し、テラスを設け、小さな樹木をいくつか植えた。それに乗じて農園スペースを少し拡張したのだ。極小かつ貧光であることは変わらないが、当社比で1・45倍ぐらいに。交換条件としてテラスは無意味に広くなったのだが。

次ページに新・極小農園の見取り図を載せますので、21ページの昔の図と比べてみていただきたい。

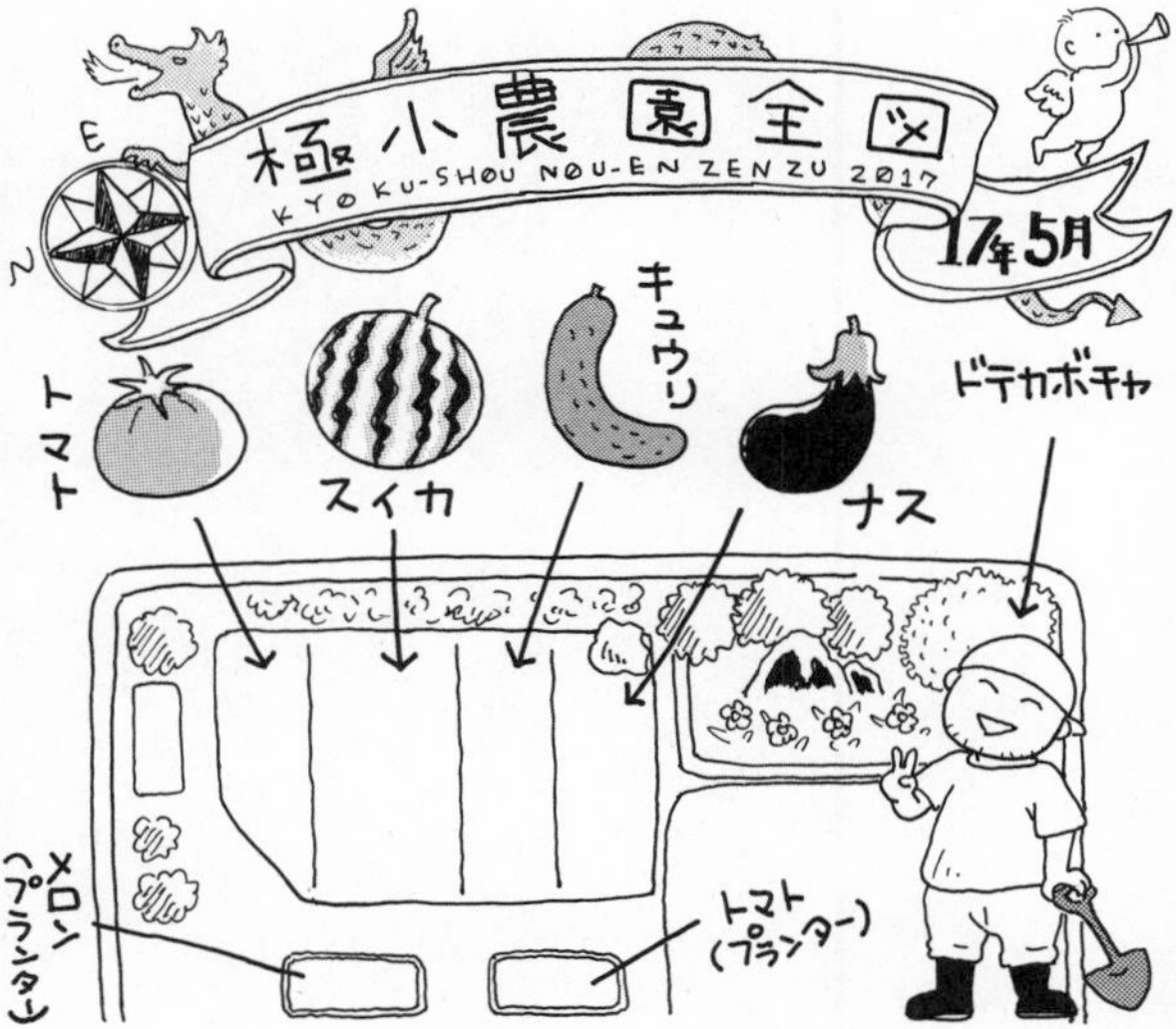
極小農園全図
KYOKU-SHOU NOU-EN ZENZU 2017
17年5月
E
N
トマト
スイカ
キュウリ
ナス
ドデカボチャ
メロン（プランター）
トマト（プランター）

ね。

どうです。

全然変わってない?

そうかな。

# 四月の私は畑で探してください。

岩手県花巻市に現存する、宮沢賢治が私塾『羅須地人協会』を開き、自給自足で暮らしていた家には、入り口の前に黒板が置かれ、こんな文字が記されている。

下ノ　畑ニ　居リマス

なんて素敵な言葉だろう。

じつはこの伝言には、賢治のもとを訪れた学生たちへの「勝手に中へ入っていいよ。家の中におやつが置いてあるから好きに食べなさい」という優しい裏メッセージがこもっていたらしい。が、僕が食いついたのは、そうした心温まるエピソードではなく、このフレーズだ。

『下ノ畑』

言ってみたいものだ。「下の畑に居ります」。いまの僕の極小の畑には上も下もない。右も左も。自宅の勝手口から徒歩三秒。いつか下の畑をつくって（上でもいいけど）、黒板に書き残したいと思う。家にはしっかり鍵をかけて。

ゴールデンウィークが近づくといつもそわそわする。

今年はちゃんと休みがとれるだろうか、天候はだいじょうぶなのか、と。

といっても、毎年この時期にレジャーに出かける習慣があるわけじゃない。四月末から五月上旬にかけては、野菜苗の定植シーズンなのだ。

前回（十年前の最終回。85ページをご参照ください）書いたとおり、キュウリやトマト、ナスといった夏の野菜はいつも苗から育てている。

ただし苗の入手先は増えた。十年前には「3、4キロ離れた二軒のホームセンターを自転車で往復することも少なくない」と書いているが、ここ何年かは新しい知恵をつけたというか、野菜への熱病が進行してしまったというか、電車に乗って片道三十分以上かかる種苗会社の経営するガーデンセンターまで買いに行くパターンが多い。プランターに植えるものや実家のぶん（埼玉の実家に出張して、野菜を植えるのも十年前にはなかった習慣だ）も含めると苗の数は十数鉢になる。車は持っていないから、なかなか大変です。

まぁ、定植というのはようするにポットの苗を土に植え替えるだけだから、それほど手間がかかるわけじゃない。問題はその前段階。定植をする前には土づくりが必要なのだ。

家庭菜園関係の書籍には、厳格な業務連絡という感じで、たいていこう書いてある。

『定植の三週間前までに苦土《くど》石灰を撒いておくこと』

ほうっておくと酸性に傾きがちな土壌をアルカリ性に保つための作業だ。ま、これも土に塩コショウを適量振るような軽作業だから、面倒はない。

問題は、こっち。

『定植の二週間前までによく耕し、肥料を混ぜ込むこと』

『よく耕し』。言葉にすれば、たった四文字だが、キュウリでも深さ20センチまで、ナスやトマトの場合、深さ30センチまで耕さなくちゃならない。しかもその上に、20センチの高さの畝を立てる。

何年も同じ場所をほじくり返しているのに、春先の土は硬い。鍬《くわ》はもっていないから、使うのはスコップだ。毎回、きちんと取り除いているはずの根っこや石ころがころんころん出てくるのはいつも不思議だ。どこから這い入ってくるんだろう。まったく油断がならない。

そうした異物をフルイにかけたり、作物によっては植え穴の下深くに肥料を入れる必要があるから、事実上、耕すというより穴を掘っている。用地の幅いっぱい2メートル弱に幅30センチ、深さ20〜30センチの溝を掘り、掘った土を四斗樽ぐらいの大きさの布製のガーデンバケツに放りこみ、それをまた埋め戻す。故意に無益な労働をさせて囚人を精神的に追いつめるというどこかの国の政治犯収容所みたいな作業だ。耕し（掘り）終えたら、今度は全面にマルチシートを張る作業もある。

もうたいへん。こうして書いてるだけで疲れちゃう。

「そんなにたいへんか？」「たいしたことなさそう」ここまでを読んで、そんな感想を持たれる体力頑健な方もいらっしゃるかもしれない。あえて反論はすまい。あくまでも日頃肉体労働とは無縁の人間の「たいへん」だから、確かにその気になれば二日で終わるような作業ではある。翌日の腰痛を覚悟すればまる一日。でもね、お集まりのみなさん、

275　四月の私は畑で探してください。

その一日、二日がままならないのですよ。

僕は自由業だから、週末だけでなく平日も野菜の世話ができる強みがあるのだが、逆に弱みもある。

じつはゴールデンウィークの頃は小説の仕事の繁忙期なのだ。月々の締め切りや年間の出版計画は、世間の連休とはなあぁぁんの関係もなく進行する。それだけじゃない、連休中は印刷所が動かなくなるからいつもより早めに原稿をちょうだいな、という俗にいう『ゴールデンウィーク進行』と呼ばれるものもやってくる。いつもの月より締め切りが前倒しになる。打ち合わせやら取材やらも連休前になると急に増える。耕す暇がないことにくわえて、苗を買いに行く時間もない。なにしろここ何年かはもっぱら電車で三十分だから。行ったら行ったで、どれにするかけっこう悩むから、これも半日かかる。

だから春が近づくと、今年こそ、仕事のスケジュールをうまいこと調整して、原稿も野菜づくりも早め早めに進めておこう、といつも思う。でも悲しいかな、「思う」と「できる」は別の世界の住人なのだ。今年もやっぱりだめだった。

早めに準備を終えておけば、成果も変わるに違いない、そう考えているのに、早めに準備ができた年は記憶にないほど少ない。そして案外、きっちり準備をしても変わらなかったりする。

さて、ゴールデンウィークを過ぎて、無事、苗の定植が終わり、ついでに仕事のスケジュールも一段落すると、ちょっと暇になったから旅行にでも行くか、という年もある。ほったらかしにしても野菜の苗は怒ったり、すねたり、「たまにはどこか行こうよ」なんて要求をしてくることはないが、奥さんはそうはいかないからだ。

とはいえ定植直後の苗はまだ頼りないほどひょろひょろだ。数日間家を留守にするのはいつも不安。行き先の天気より、我が家の天気が気になったりする。『畑ニ　水ヲ　撒イテクダサイ』と書き置きしたくなる。当日の朝にたっぷり水を撒いて、後ろ髪を引かれながら出かけることになる。

でも、何日か経って家に戻ってくると、こっちの心配をよそに、まったく元気だったりするのだ。お前たちどこで何をしてた、と思わず言いたくなる。

# それでもキュウリは曲がっている。

これから家庭菜園を始めてみようと思うが、何を植えたらいいか。

永遠の初心者である僕をベテランと勘違いして、ときどきそう尋ねてくる人がいる。

僕はベテランを装った上から目線と鷹揚な口調で答える。

「キュウリがいいですよ。地植えが可能であるか、大きめのプランターを置けるなら、という条件付きでね」

キュウリはいい。我が極小農園の四番バッター。東の横綱。サッカーで言えばエースストライカー。スポーツに興味のない方のために宝塚でたとえるなら夏組のトップ——しつこいか。とにかく毎年必ず植える。今年も三株植えた。

なにがいいかって、とにかく育ちが早いのだ。夏のとある朝、三色ボールペンぐらいの長さと太さだった実が、翌日の夕方ぐらいにはスーパーの青果売場に並んでいるようなサイズに育つ。「子どもは目に見えて成長する」なんていう表現がよく使われるけれど、キュウリの場合、ほんとうに見える。小学生の身長は一年間で5、6センチぐらい伸びるんだろうけれど、キュウリの場合、一日で3、4センチですから。体重なんかひと晩で倍。絵本を読み聞かせて寝かしつけた幼子《おさなご》が、朝起きたらにきび面の高校生になっていた。そんな感じ。

採り忘れたりしたら、大変だ。とんでもない大きさになる。あっという間にへちまみたいに巨大化する。たった三株なのに葉陰に隠れていたのを何日も見逃して、キュウリだったはずのへちまを、タイを釣ったみたいに両手でかかえて途方にくれたことが何度あったことか。

育ちが早いということは、そのぶん収穫量も多いということだ。これも嬉しい。苗を植えて二週間ぐらいすると、キュウリは次々と花を咲かせるようになる。黄色い金鳳花《キンポウゲ》みたいな花だ（キンポウゲがどんな花かは、文末の索引〈※〉をご参照ください）。その花からほっといても確実に実が育っていく。

たった三株でも最盛期ともなれば一日に五、六本は収穫できる。食べきれなくてご近所にお裾分けすることも多い。喜んでくれているのかどうかは別にして。

以前は毎年、二列×二株、計四株を植えていたのだが、あまりに採れすぎるので、ここ数年は一列三株に減らしている。採れすぎて困る――こんなセリフはウチのほかの作物ではけっして吐けません。

しかも、採れたてのキュウリはうまいです。新鮮です。痛いです。青果売場に並んでるものと違って、収穫したばかりの実には、あのイボのひとつひとつにトゲが生えているのだ。そいつを軍手をはめた手でこそげ落として、軽く洗って、味噌かマヨネーズをつけてガブッといく。ちょうどビールがおいしくなる季節で、格好のおつまみになる。味噌とマヨネーズを混ぜちゃって軽く七味唐辛子を振ったディップもいける。

手間はそれなりにかかる。キュウリはつる性の植物で、地這い種を除けば、支柱を立て、つるを誘導するネット（ホームセンターにはたいてい売ってます）を張らなくてはならない。上にもぐんぐん伸びるし、親ヅルから子ヅル、子ヅルから孫ヅルと横にもにょろにょろ育つ。それらをネットに結んだり、子ヅルを適度にカットしたり。まあでも、少しぐらい手間がかかったほうが、野菜づくりは楽しいもので。

害虫がつくことはあまりない。気をつけなくちゃならないのは、葉っぱが白くなって枯れていく「うどんこ病」に注意することぐらいか。

というわけで、さんざんよいしょよいしょとキュウリをおだててきたが、この世のすべてはコインの裏表。良いことの裏には良からぬことが隠れているのだ。じつは冒頭のキュウリ推奨の言葉には続きがある。

「ただし、キュウリには大きな問題がひとつあります」


素人菜園の優等生であるキュウリのことをあまさず話すなら、キュウリの「曲がり問題」についても語らねばならない。

ここまで列記してきたキュウリの美点に嘘いつわりはないのだが、もしこれを読んで「じゃあ、ひとつ、キュウリから始めてみようか」という方がいらっしゃったら、この「曲がり問題」にも言及しなくては、インフォームド・コンセントに反するだろう。


キュウリといえば、たいていの人が、まっすぐにすくすく伸びた一本棒の姿を想像すると思うが、あれは市場に流通しているキュウリの表の顔だ。

実際に自分で育てると、知ることになる。キュウリの裏の顔を。

キュウリってまっすぐに育つとはかぎらないのだ。

収穫初期の頃は、どの実も万有引力の法則（？）に則《のっと》って真下をめざしてまっすぐ育つのだが、収穫が何週も続くと、なぜか、きゅうるりんと曲がるようになる。そのことを踏まえて前述のキュウリの美点を称賛した記述に補足を加えると、こうなる。

『夏のとある朝、三色ボールペンぐらいの長さと太さだった実が、翌日にはちゃんとスーパーに並んでいるようなサイズに育ち、往々にしてきゅうるりんと曲がる』

『たった三株でも最盛期ともなれば一日に五、六本。ただしそのうちの二、三本はきゅうるりんと曲がっている』

なぜ曲がってしまうのかは、謎だ。少なくとも僕には。

水やりに問題があると聞けば、灌水《かんすい》を減らす。あるいは増やす。

肥料の量に関係すると聞けば、肥料を足す。もしくは控える。

やれることはやった、そう思っても、次の朝に見てみると、きゅうるりん。くるりんぱ。

最近ではこう思うようにしている。

キュウリは本来、曲がる性質を持つものなのだ、まっすぐの棒状になるほうが変形種なのだ、と。

ひとこと言い添えておくと、へちま大になってしまったものはともかく、曲がってしまっても味はとくに変わらない。包丁で切りにくいってだけです。

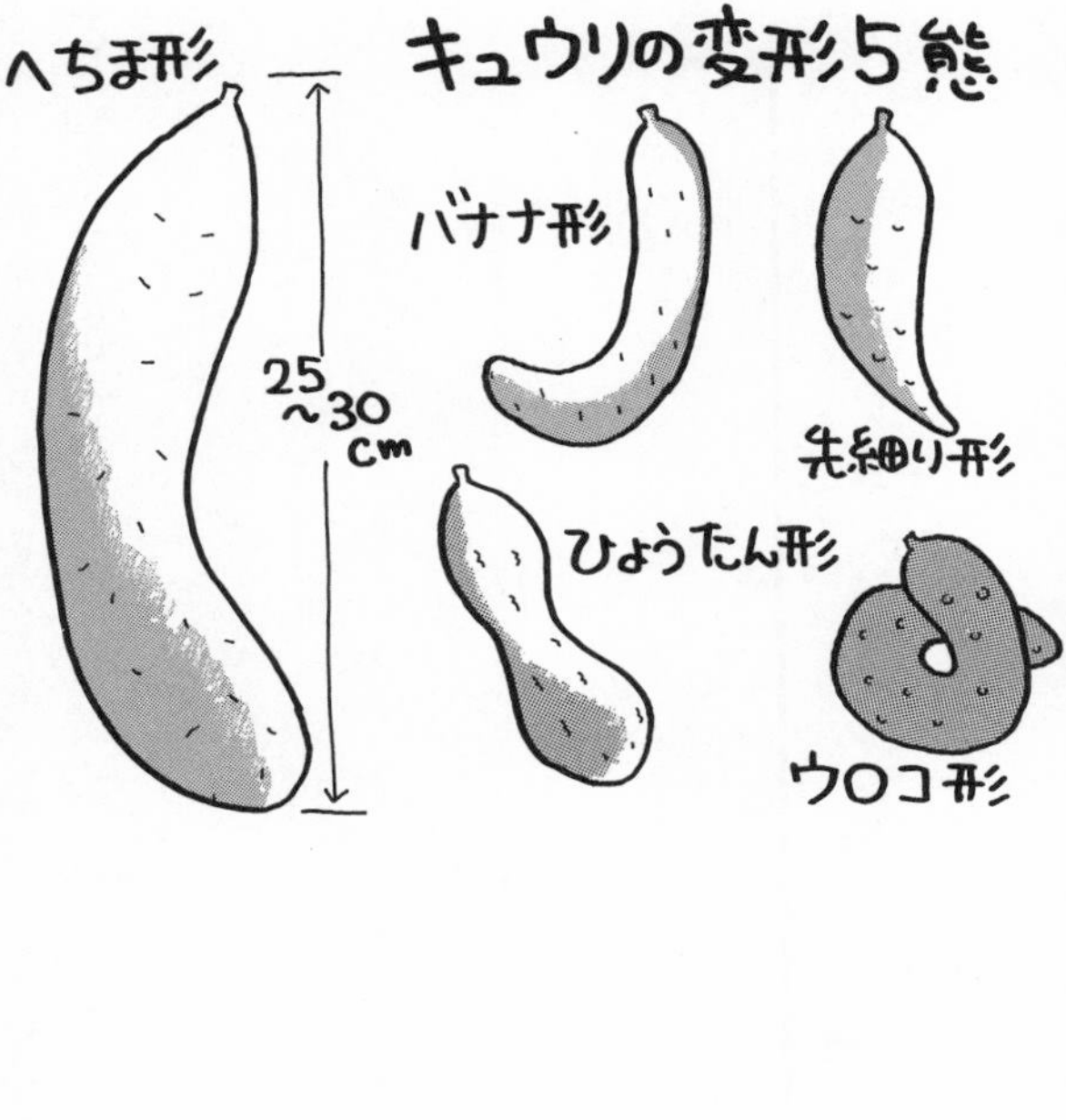
キュウリの変形5態
へちま形
25〜30cm
バナナ形
先細り形
ひょうたん形
ウロコ形

※キンポウゲ＝黄色いキュウリみたいな花。

# スイカの婚活問題について

ここ何年もスイカを育てている。

とにかく場所をとる作物で、本来は極小農園には向いていない。推奨される栽培面積は一株あたり1坪。素直に推奨されていたら、他の野菜が植えられなくなってしまう。だからいつも推奨されてはいないが、おそらくこのくらいならぎりぎりセーフであろうという最小限のスペースをとって二株だけ植える。スイカはほうっておくと葉とつるで地面を覆い尽くしてしまうから（だから一株あたり1坪が理想なのだが）、株の近くに低い支柱を立て、ネットを張り、良い実がつかない1・5メートルまでのつるは宙に吊して育てる半空中栽培で狭い耕地面積をやりくりしている。

そこまでして、なぜ、植えるのか。

答えは簡単だ。

大物を狙いたいからだ。

でかい野菜をつくりたいのだ。

ほら、釣り人だってたくさんの雑魚より、一匹の大物を求めるでしょ。それと心はひとつです。キュウリやナスはあまり大きくなってもらっちゃ困るが、スイカに関するかぎり、とにかくでっかいものをつくりたい。だから買い求める苗も小玉スイカじゃなくて、大玉。

前述した空中栽培は、宙にぶらさげておいても問題ない重量の小玉スイカのための栽培法だ。大玉だと重さにつるが耐えきれずに落っこちちゃう。だから半空中栽培なのだ。

とはいえ、いままで大物の収穫に成功したことは一度もない。採れるのは、せいぜいソフトボールとハンドボールの中間ぐらいのサイズの、空中で栽培してもなぁぁあんの問題もない、大物を狙った工夫と仕掛けが虚しく恥ずかしいだけの小物ばかりだ。なんでだろう。

今年も極小農園のただでさえ少ない用地の三分の一ぐらいのスペースを費やして二株を植えた。いつもの半空中栽培に加えて、高畝もみがら栽培法という秘策も新たに採用した。

さあ、今年こそ。

スイカの栽培でいちばん面倒くさいのが、人工受粉だ。ほかの作物と違って虫媒や風媒では確実に受精しないそうで、人為的に交配させなければならないのだ。

むふ。受精。交配。具体的にナニをナニするのか。それをこれからとっくりとご説明したいと思う♡

スイカは、つるがでろでろと一メートル以上伸びた頃、雄花と雌花が咲きはじめる。黄色い花だ。金鳳花《キンポウゲ》に似ている（キンポウゲがどんな花かは、キュウリの項の索引〈※〉をご参照ください）。

同じ五弁の黄色い花だが、雌花のほうが若干大きめで、横から覗けば違いがわかる。雄花の花柄（花を支える茎）は色気も素っ気もないただの細い棒状だが、雌花のそれはふくよかに丸い。うぶ毛まで生えている。よく見ると、その小さな緑色のふくらみには、ちゃんと縞《しま》模様が入っている。未来のスイカの赤ん坊だ。もうそれを見ただけで、僕の胸はきゅんと鳴る。なんとしてもこの子を大きく育てたい。育てるのが自分の使命だとさえ思い定める。

さてそれでは、交配、いきます。受粉の時間は朝のみ。午前九時まで、遅くとも十時までにやることをやらないと、成功率がぐっと低くなるそうだ。ふふ♡朝からお盛んっ。

まず雄花の花びらを鼻息荒くぜーんぶむしり取って、おしべだけにする。尖端《せんたん》にぎらぎらと黄色い花粉がついたそのイチモツを、雌花の奥でしどけなく露出しためしべにちょんちょんとこすりつけていく。

荒々しくこすってはだめ♡　あくまでも優しく撫ぜるように♡

朝っぱらから、頭の中には「背徳」「強制猥褻」という言葉が浮かぶ。ひとつの雄花の花粉でじゅうぶん足りるらしいが、どいつもこいつもいまいち信用できないから、別の雄花とも交配させる。「乱交」だ。

自由業の僕は朝が遅いのだが、夏場は（僕にしては）早起きになる。スイカを受粉させるためだ。

でも、せっかく早起きをしても、花がひとつも咲いていない時もある。なにせ二株だから。

おお、今日はちゃんと咲いている、しかもたくさん、と勢いこんでスイカの元へ駆けつけてみたら、ぜんぶ雄花だったりすることもよくある。スイカは雄花のほうが圧倒的に数が多いのだ。まるで嫁不足に悩む土地のように。女性の参加者が来ない哀し

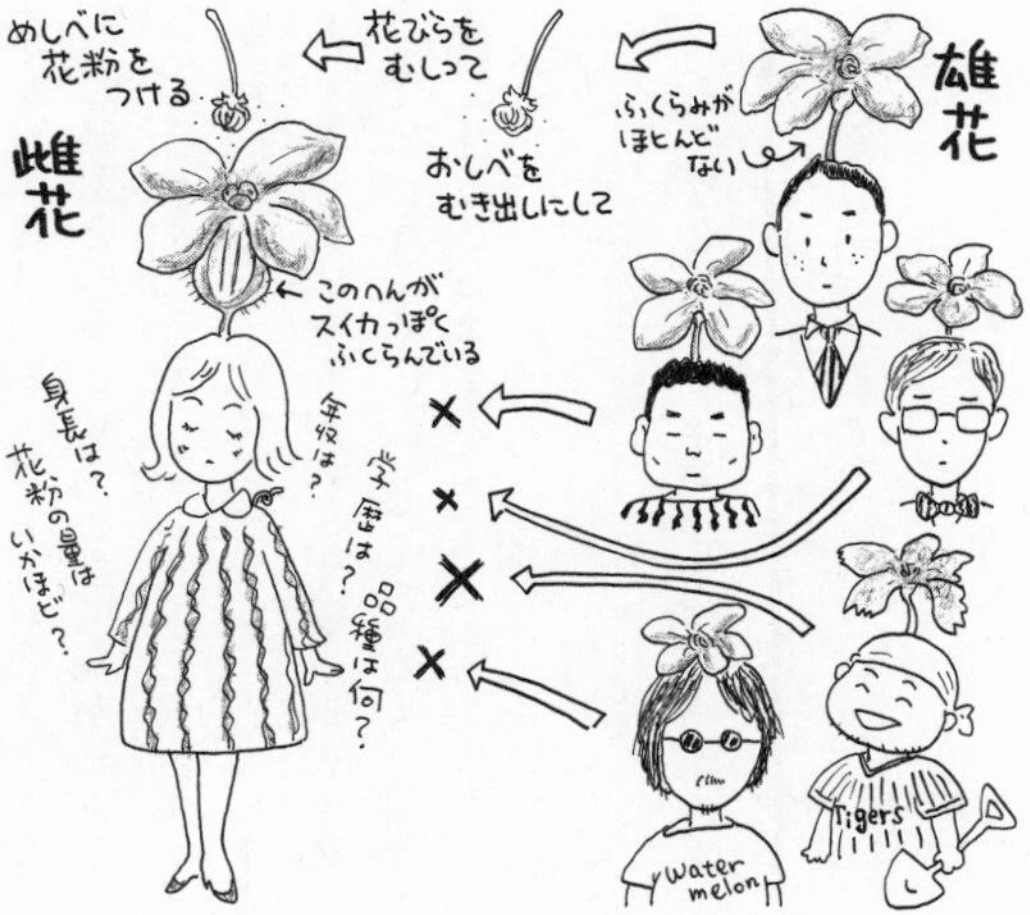
めしべに
花粉を
つける
花びらを
むしって
おしべを
むき出しにして
雄花
ふくらみが
ほとんど
ない
雌花
このへんが
スイカっぽく
ふくらんでいる
身長は？
花粉の量は
いかほど？
年収は？
学歴は？
品種は何？
Tigers
Water
melon

い合コンのように。

人間なら次の婚活をがんばればすむが、彼ら雄花にとっては一生に一度のチャンスだ。まさに無駄花。彼らの無念を思うとせつなさに胸が詰まる。

かと思うと、雌花だけがぽつんと一輪、寂しそうに咲いていることもたまにある。つるを掻きわけ葉を掻きわけて必死で雄花を探すが、どこにもない。なにをやってるんだ、お前たち、せっかく姫が御成りなのに。千載一遇のこのチャンスを棒に振る気かっ、と叱りつけても、蕾《つぼみ》はかたくなに開くことはなく、純潔を守って終える姫君の生涯に、ただ呆然と佇むことしかできない。


さて、これを書いているのは2017年の年末だ。今年のスイカの結果はすでに出ているが、残念ながら詳細に触れるには少々紙面が足りなくなってしまった。「小さなスイカもおいしいよ」とだけ言っておこう。

# トマトはサディスティックに過保護に。

　何年野菜をつくっていても、育て方について書かれた本やネットの情報はついつい読んでしまう。書かれている内容はだいたいどれも似たようなものなのに。

　たとえばトマトについては、こう書かれている場合がとても多い。

『トマトをうまく育てるには、水と肥料をあまり与えないこと』

『甘いトマトをつくるにはストレスを与えることが重要』

　こんな記述もある。

『枯れる直前まで液肥を与えない』

『わざと荒れ地に植える』

『海辺の近くなら故意に海水を与え、塩分でトマトの水の吸収を抑える』

　なんて恐ろしいことを。これって植物虐待ではないのか。家庭菜園の場合、家庭内暴力ということになろうか。こんなことをして、植物愛護団体に訴えられたりはしないのだろうか。

つまり、こういうことらしい。

トマトの原産地は南米のアンデス高地。雨が少ない乾燥した土地だ。昼夜の寒暖差が激しく、土地も肥沃とは言い難い過酷な環境。だから、これらのSM的ともいえる調教法——じゃないや栽培法は、理にかなっている。むしろトマトに適した環境を整えるためなのだ。

逆に言えばトマトは、雨の多い日本の気候では本来育ちにくい作物ということになる。夏野菜にとって六月は、苗から実をつける株へ育つための大切な時期なのだが、日本の場合、梅雨真っ只中。だからトマト農家はどこもハウスでつくっている。

温室に入れたら？　あ、無理です。鑑賞用のミニトマトならともかく、通常トマトは高さ二メートルほどの支柱を立てて育てる。いくらボケナス野郎の僕でも、庭に高さ二メートルを超えるハウスを造るなんてとてもとても。ただでさえ、道から丸見えの狭い庭にトマトやらキュウリやらがぶら下がった二メートル超の支柱が十本ぐらい突き立ってる光景が、近隣の人々にドン引きされているのだ。ハウスなんか建てられるわけがありません。建てたいけど。

ハウスを持たない素人が露地栽培をしてもトマトはちゃんと育つし、味だって悪く

293　トマトはサディスティックに過保護に。

はない。でも、いつも思う。きっとハウス栽培すればもっとおいしいんだろうな、もっとたくさん収穫できるだろうな、と埒《らち》もなく。俺はこんなもんじゃない。もっとふさわしい環境さえあれば、本当の実力を発揮できるはず——と、よくありそうなセリフで頭の中の自分を等身大以上にふくらませながら。

僕にできるトマトの雨対策は、いまのところ、この三つだ。

その① 株の根もとをシートで覆う。

他のほぼすべての作物もそうしているが、トマトは地面にマルチシートを張って、直径9センチほどの穴を開け、そこに苗を植える。その植え穴部分もシートで覆ってしまう作戦だ。葉や茎に雨があたるのは防ぎようがないが、こうすれば根が余分な水を吸収しないですむ。

その② 育てるトマトのうちの二株ほどは大きく成長させるのをあきらめ、大型プランター（大容量76ℓのすぐれモノ）に植え、軒下へ置く。

その③ 今年が空梅雨《から》であることをひたすら祈る。

じつは「なんちゃってハウス」みたいなものをつくったことが一度だけある。本格的なハウスは無理でも、雨露をしのぐだけのものならつくれるかも。そう考えて、支柱の上に園芸資材を細工したアーチを載せ、トンネル用のビニールシートですっぽり覆ったのだ。ほかの野菜にはしたことのない過保護ぶり。トマトを厳しく育てるための過保護だ。

一年でやめた。

きちんとビニールを張らなかったせいか、雨が降るたびにシートに水がたまる。雨水の重さでたわむほど。トマトにどんどんふくらんでいく水風船の下に座らせる罰ゲームをさせているようなものだった。しばしば水を掻き出さなければあふれてしまう状況に陥るのだが、そういう切迫した時というのは当たり前だが、いつも雨だ。

一般民家の庭に竹竿やカラーポールをでたらめに使った高い支柱が立っているだけでも、東京の街中では怪しい光景なのに、そこに奇怪なビニールの屋根が載っかっていて、しかも雨の日には、平日の昼間っから脚立に乗って必死で水を掻き出している職業不詳の男を見かける。通りかかる人々に引かれまくっただろうことは想像にかたくない。

## ナスは案外にいい奴かもしれない。

僕はナスが好きだ。

丸ごと焼いたナスの皮をあちあちと言いながら剝き、冷蔵庫で冷やしたのちに、かつお節を踊らせ、すり生姜をのせて醬油をかけまわしたのをぱくり。ビールをごくり。ぷはっ。夏のご褒美のひとつです。

輪切りにしたのをただ焼いただけっていうのも好きです。生姜もいいけど、からし醬油が合う。シギ焼きっていうのだっけ、味噌とからめてもうまい。

『麻婆茄子』や『茄子と豚肉の辛子炒め』は、中華料理の中でも僕のベスト10に入るお気に入りだし、『ナスとベーコン』、『ナスとツナ』のトマトパスタは、僕の数少ない料理のレパートリーのひとつだ。

というわけで、もう一度言おう。ナスは好きだ。食べ物としては。

では、家庭菜園の作物としてのナスはというと……うむ。なんて言ったらいいんだろう。友だちとしてはすごくいい奴でも、仕事の同僚としてはどうだろう、という人っているでしょ。そういう男なのだ、ナスは。

ナスは家庭菜園の中でも人気の作物だ。シーズンになると、ホームセンターの野菜苗コーナーにトマトやキュウリと伍してどばっと並ぶ。僕も毎年のように植える。でも、キュウリやトマトほどの愛情は持てていない気がする。ここ数年偏愛しているスイカに対するような情熱も。

手間はかからない。トマトみたいに毎日芽かきをする面倒も、雨に一喜一憂する心配もないし、キュウリのようにつるを誘導したり、こまめに整枝したりする必要もない。植えたらほぼ植えっぱなし。初期の段階で育てる枝を三本ないし四本に整理し、支柱ともいえない斜めの添え木をする。作業はそのくらいだ。でも、それが物足りない。歯がゆい。やらなくてもいい余計なことをするのが楽しいという家庭菜園家の屈折した心情を、どうやら彼は理解できていないようなのだ。

キュウリは目に見えて大きくなる。トマトは日に日に赤くなる。それに比べると、ナスの成長はゆっくりのんびりだ。色も変わらない。幼い時分から茄子紺色で、その色のままぶら〜んと枝から垂れ下がり、ぶらぶらしているうちにいつのまにか収穫時期を迎える。

花が咲いてから収穫できるまでは三週間ぐらい。「なんだ、三週間ならゆっくりでもないじゃないの」とお思いのあなたは、家庭菜園の短い夏の三週間が、ほかの季節の三カ月に匹敵する濃密な時間だということをご存じないのだ。

トマトと同じナス科なのに、雨に弱いわけでもない。むしろ水分好き。

雨が降っても、かんかん照りでも、日がな一日、

ぶら〜ん。

ぶららら〜ん。

ま、でも、そこがナスのいいところではあるのだ。

夏の盛りには毎日たくさんの収穫を、と鼻息荒く意気込むこちらの焦りを、

「ま　あ、い　い　じ　ゃ　な　い　の、家　庭　菜　園　だ　も　の。

となだめてくれているような気もしないでもない。

夏の菜園は、ナスに救われている部分もあると思う。私の農園にはこういう人材も必要だな、と思わないでもない。

改めて言おう。僕はナスが好きだ。

なぜ、そんなにナスに肩入れをするのか、と聞かれても特に理由はない。何か弱みを握られているのではないか、と勘繰られたら、ノーコメントとだけ言っておこう。事務所を通してください！

ここまでパート2を読んでいただいた方は、なんとなし不審を抱かれているのではなかろうか。極小農園2017と銘打っているのに、2017年の収穫についてほとんど何も報告がないことに。もしかしてたいした成果がなかったんじゃないか、と。

ふ、ふ、ふ。なにをおっしゃいますやら、ふ、ふ、不作だったなんて。

2017年は不作だった。

2017年の実績を加筆してエッセイ集に加えるという話は前々から決まっていたから、例年以上に力が入っていた。定植の準備は例年どおり遅れてしまったが、作業自体にぬかりはなかった。苗もいつも以上にじっくり選んだ。支柱も早めに立て、トマトの芽かきもキュウリの整枝もスイカの受粉もきちんとこなした。

なのに。なんでだろう。雨が少なかった東京の六月は菜園にはむしろ幸いだったが、七月、八月に気温が上がらない曇り空ばかりが続いたせいだろうか。となると責任は私にではなく、地球にあるということか。

今年の結果は、この本に載るから、読む人にいいところを見せたい、と気張りすぎたのが裏目に出たのだろうか。華々しい収穫を自慢しよう、という邪念が毒素となって野菜を枯らしてしまったのか。

失敗はまずありえない、絶対的エースのキュウリがうどんこ病にかかって早めにリタイヤしてしまったのが痛かった。そいつがスイカに伝染したのも。

でも、ナスのマイペースぶりだけは今年も健在だった。

ぶら〜んぶら〜んといつのまにか大きくなってくれた。

ナスの難点は、収穫後半にさしかかると尻が硬くなってしまうことだが、それも今年は少なかった。

ナスが教えてくれた気がする。

そんなに急ぐなよ、と。

肩に力が入ると、かえってうまくいかないよ、と。

今年の失敗をいい話でまとめようとしているわけでは、け、け、けっしてない。

301　ナスは案外にいい奴かもしれない。

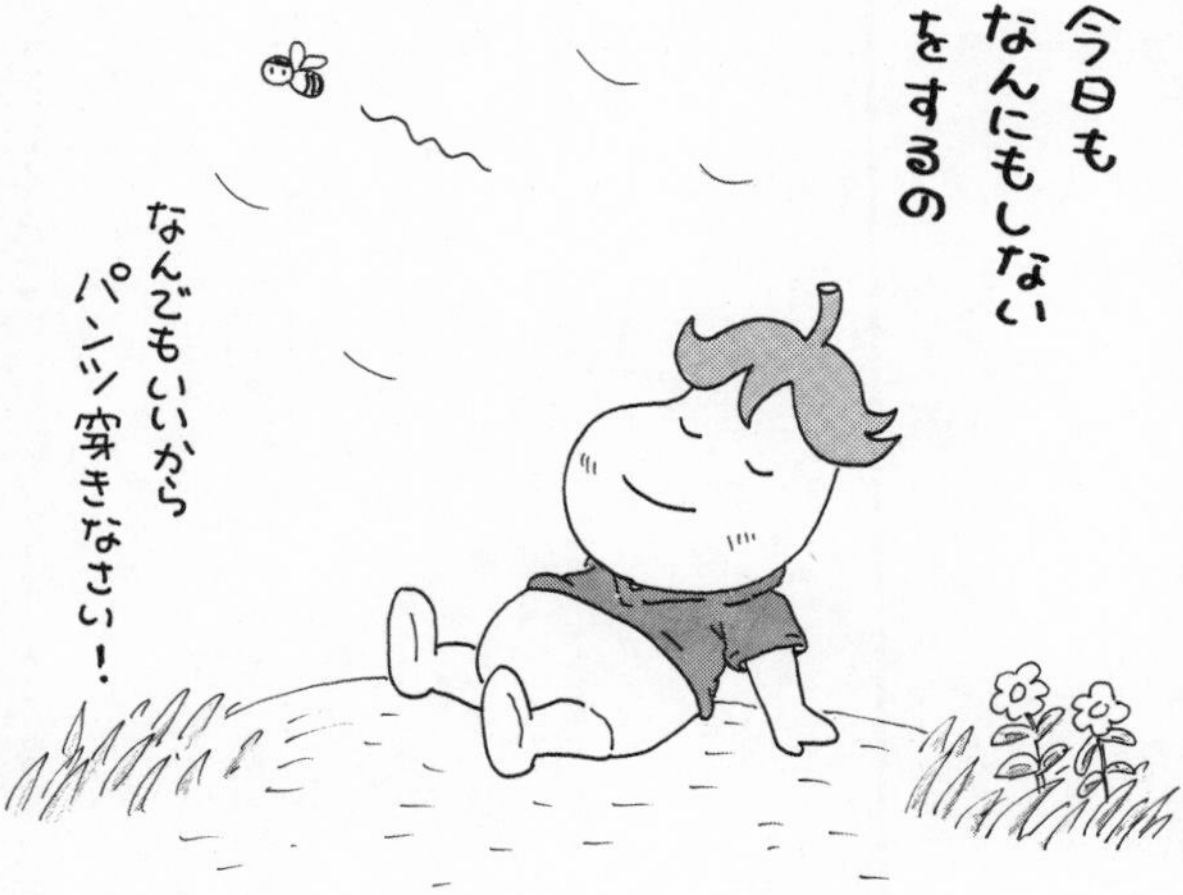
今日も
なんにもしない
をするの
なんでもいいから
パンツ穿きなさい！

ナス的な人生という選択肢もあるのではないか。ただ素直にそう思うだけだ。
今年はね。

# 君よ知るや南の果実

マンゴーの種をまいてみた。

マンゴーを育ててみようと思ったのはもちろん純粋な知的好奇心からで、大きく育てて首尾よく実がなれば、買ったら一個数千円したりもする高級フルーツがただで手に入るなんて皮算用など、ほんのこれっぽっちしかない。

マンゴーを切り分けていた僕が、いじきたなく種をしゃぶっていたら、見かねたうちの奥さんが言ったのだ。「ねえ、それ、まいてみたら」庭にこれ以上作物をふやすことにいい顔をしない人だが、マンゴーは別らしい。もちろん僕も異存はない。二人でぐふふ、とほくそえんだ。両目を¥マークにして。

とりあえず室内置きの手頃な鉢にふた粒まいた。

ひとつは夏の初めに石垣島へ出かけた時、自分ち用のお土産として八百屋さんで買ったマンゴーの種。小ぶりでわりと安かった。一個五百円ぐらい。

もうひとつは人からのいただきものの種。沖縄本島産。けっこう高そうなやつ。

難しいチャレンジであることは覚悟のうえだ。僕の住む東京では戸外での冬越しが難しいだろうから、室内で育てることになる。しかし、室内の鉢植えで数百円、数千円になろうかという実を結ばせることが果たして可能なのでありましょうや。地植えという選択肢はありなのか。

ネットで検索すれば一発で解答が得られるだろうが、見ない。ネットを見ちゃうと夢が見られないからだ。

僕は南国系の植物が好きで、ハイビスカスは毎年何鉢かを育てて花を咲かせている。三年間越冬させて大きく育てた樹高一メートル級のものもある。家や仕事場の窓辺にはガジュマルやヒルギ（マングローブになるやつ）やタコの木やナントカの木（名前を忘れた）などを置いている。

鉢植えだが、極小農園にはバナナもある。ホームセンターに「寒さに強いアッサム産」という謳い文句とともに置いてあったものだ。たまたま僕の隣で同じ鉢を見ていたベンガル人のおじさんに「三年待てば実がなるよ」と教えてもらったが、四年目のいまもバナナのバも出てこない。そういえば、おじさん、買ってなかった。

バナナはバナナ。いまはマンゴーのことだ。

マンゴーの実の中には、平べったい楕円で薄黄色の種が入っている。色もかたちもお菓子のハッピーターンに似ている。大きなものだと全長十センチ。

最初はこいつをそのまま植えようと思っていたのだが、待てよとネットを調べてみた。こういう細部の情報はネットを頼る。いい夢を見るためには多少の妥協も必要だ。

なるほど。ハッピーターンは外側の殻で、本当の種はこの中にあるらしい。鋏《はさみ》を使ったら、苦もなく切り裂けて、中からこげ茶色のソラマメみたいなのが出てきた。

種をまくとしたら三月が適期という記述もちらりと目に入ってしまった。ちなみにこの時点で季節は夏。八月だ。見なかったことにする。大きな夢を叶えようとするなら常識に囚われてはならない。

まき方もソラマメに似ていた。とても簡単だ。豆を横に寝かせて頭が出るか出ないかぐらいまで土に埋める。以上。これだけで一個数千円が手に入るなんて、なんだか申しわけない気がする。

石垣島マンゴーの鉢は自宅の窓辺の一等地に置いてある。沖縄本島マンゴーは仕事場の窓辺だ。

２０１７年12月現在、石垣島（五百円）の樹高は二十九・五センチメートル。沖縄本島（推定二千円）は十四・五センチメートル。叩き上げの意地なのか、なぜか種が小さかった石垣君のほうが大きくなった。目標はどちらもとりあえず一・五メートル。

何年経ったら、実がなるのだろう、東京産マンゴー。どんなに小さくて不格好で不味《まず》くても、うまいに決まっている。

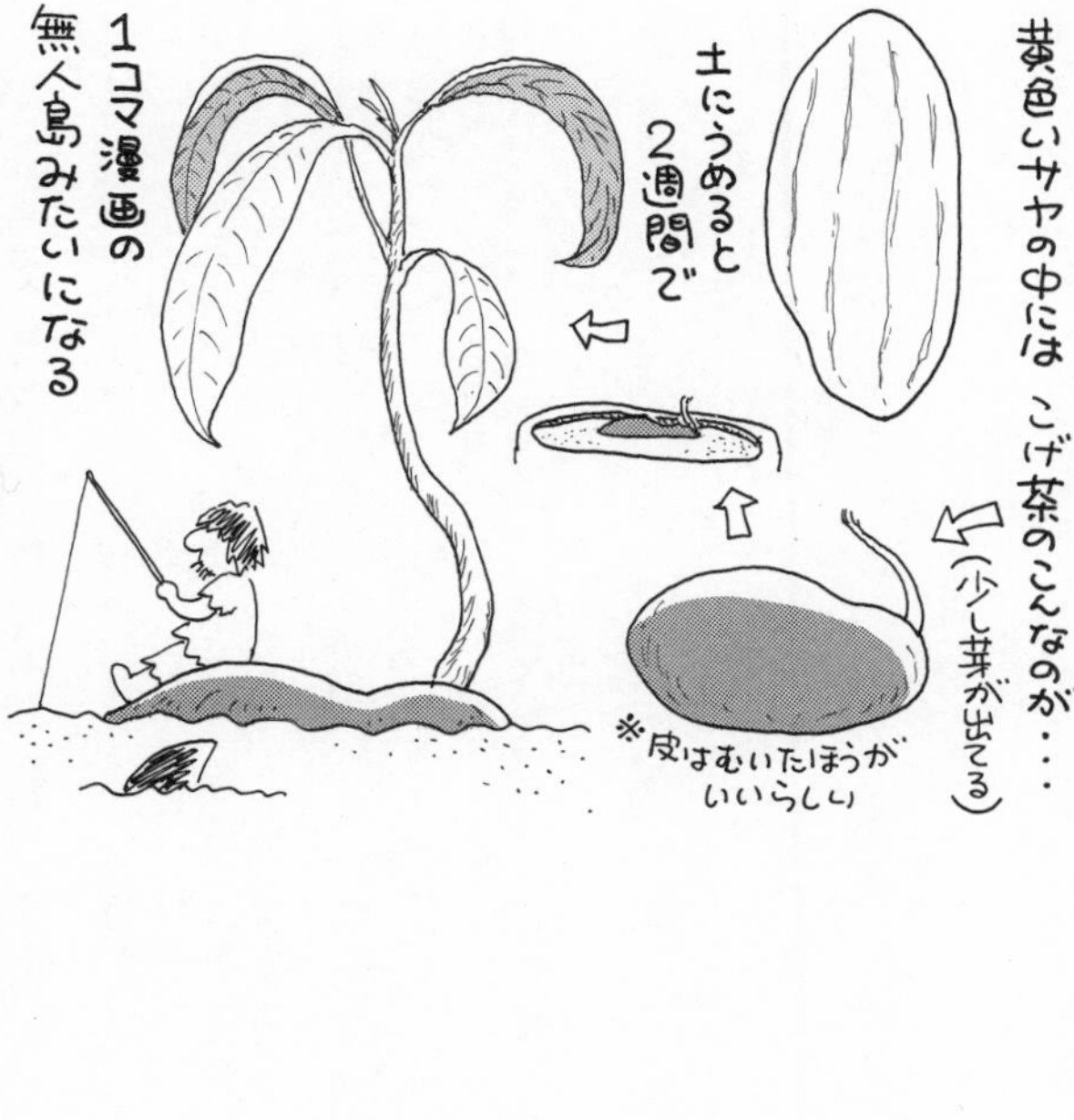
黄色いサヤの中には　こげ茶のこんなのが・・・
(少し芽が出てる)
※皮はむいたほうが
いいらしい
土にうめると
2週間で
1コマ漫画の
無人島みたいになる

# あとがき

恥ずかしながら、初めてのエッセイ集です。

小説だけでいっぱいいっぱいでエッセイのたぐいはたまにしか書いておらず、そもそも注文自体あまり来ていなかったのですが、ちりも積もれば、姑が指でなぞるってやつでしょうか。何年もこの稼業を続けておりますと、そこそこの数にはなるもので。連載エッセイは数少ないので、単発物も掻き集めて、この一冊になりました。

1章『極小農園日記Part1〈秋冬編〉』は、毎日新聞に2008年10月から翌年3月まで隔週で連載したものです。十年後のいま読み返すと、野菜に関する知識も技術も未熟さが目立ちます。これから菜園を始めようとお考えの方は、あまり参考にはされないほうが良いかもしれません。ん？　最初から参考にするつもりなどない？　ああ、そうですか。

頼まれてもいないのに、連載時に自分で絵まで描いたのは、読者に収穫した野菜や菜園の詳細をよりリアルにみずみずしく伝えるには自分で描いたほうがわかりやすいと考えたのです——という言葉で担当者をまるめこんで、自分で描いてみたいという野望を満たすためでした。担当者の方の涙断に感謝です。

1章の連載が秋から冬までだったので、菜園が最盛期を迎える春から夏の様子もぜひ書き足したい。これも頼まれもしないのに、自ら提案しました。それが4章の『Part2〈春夏編〉』。2017年の記録です。1章の未熟と失態を取り戻し、こんどこそ己《おのれ》の菜園能力を見せつけるチャンスと意気込んだのですが——結果は読んでいただいたとおり。十年経っても、なんにも進歩してない。


2章『極狭旅ノート』はJR東日本の新幹線車内サービス誌『トランヴェール』に2013年4月から2015年3月まで月一回で連載した『いまどこを走っている？』を改題したもの。ごく狭い範囲しか旅していない人間の旅行記です。

二年の間にいろいろなことがありました。車内で気軽に読んでもらうものなのだから、毎回楽しく綴《つづ》ろうと考えて始めたのですが、人間、お気楽なだけでは生きていけないもので。友人や父親の死についても、迷いつつ、結局、違う話を楽しく綴る気分にはなれずに、書いてしまいました。こちらの一方的な感傷におつきあいいただいて、あらためて恐縮です。ちなみに妖怪雨女は、2018年1月現在、まだ元気です。埼玉で雨降らせてます。

２０１３年4月の時点で、いまだ正式に訪れていない都道府県が十四あると書いた時には、五十代の人間にしては少ないと笑われたものですが、その後、がんばりました。残り六県。ふふふ。ただし六十代になってしまいましたが。

自分の苗字をネタにした『鈴木さんにはわかるまい』を書いた後、とある鈴木さんに言われました。「鈴木も大変なんです。窓口で名前を呼ばれても自分かどうかわからなくて、何度も席を立つことがある」のだそうです。

全国の鈴木さん、（本当は日本最多の苗字なのにイメージとゴロの問題でタイトルからはずしてしまった）佐藤さん、申しわけありませんでした。勝手に嚙みついて不愉快な思いをさせたかもしれない萩原《はぎわら》さんにも、ひと言。「おめえらには負けねえよ」

３章『極私的日常スケッチ』は、雑誌や新聞に載せた単発物や短期連載から選り《かき》すぐっ《あつめ》た散文・小文です。

「思い出の音楽」「昔のアイドル」「高校野球」「読書」「子育て」「結婚」「季節」など、あらかじめテーマが決まっている場合もありましたし、好きなことを自由に書いてくれとだけ言われるケースもありました。

どれも温厚な語り口で書き綴ってきたつもりだったのですが、あらためて読み返すと、けっこうあちこちで怒ってますね、俺。テーマは自由、と言われた時のエッセイなんかとくに、面倒くさいオヤジ丸出し。でも赤字を入れたり、載せるのを控えたりはしませんでした。たぶんいまでも同じことを怒っているので。言いすぎた部分があったとしたら、ごめんな、さ、い（↑口をへの字にして言ってる）。

当時としてはタイムリーだったのかもしれない譬《たと》えや言いまわしは、いま読み直してみると、書いた本人にも意味不明だったりします。とはいえ書いていることや考えてることがあまり変わっていないのには、我ながら驚きます。

小説の主人公には、あんなことやこんなことまでさせているくせに、自分のことを書くのにはいまだに慣れません。まして昔の文章を載せるのは、けっこう気恥ずかしいものです。

「だったら出版しなけりゃいいじゃない」という声がどこかから聞こえたような。

へえへえ。おっしゃるとおり。

正直言うと、ちょっと嬉しいです。初めてのエッセイ集。

嬉し恥ずかし。いやよいやよも好きのうち。と加齢臭プンプンでまとめたところで、おあとがよろしいようで。

# 文庫あとがきにかえて　大怪獣ゴーヤ

おあとがよろしいようで。と書いておきながら、また出てきてしまいました。ポリポリ。アンコールの手拍子もなかったのに、終わったステージに顔を出す厚かましいミュージシャンのようで心苦しいかぎりではありますが、ちょっと事情がありまして。

じつはこの本、文庫なんです。なあんか狭いな、字も小さいなって思ったでしょ。2018年春の単行本刊行から三年、コロナにも負けず、おかげさまで文庫になりました。で、文庫化に合わせて、新たなあとがきが必要ではないか、と毎日新聞出版方面からお達しがありまして、こうして明かりの消えたステージにのこのこと出てきたしだいで。

あとがきと申しましても、三年前に語り尽くした感がありますが――あ、そうそう、音楽について本文中にあれこれオヤジくさいことを書いておりますが、ここ一、二年は、最近の新しい音楽、好きです。聴いてます。若い人も叫んでる。もっと叫べ！

極小農園関係で、この三年間に変わったことといえば、やはり、「あれ」の出現でしょうか。「あれとは何だ」ですって？　ふふ、知りたい？　どーうーしーてーも？ ああ、帰らないで。

では、アンコールにお応えして、最後の一曲は…そうですね、〝ゴジラのテーマ〟など。聴いて――いや、読んでください。♪タタタン　タタタン　タタタタタタタン。

## あれから三年<br>ヤツが現れた。

すべての始まりは、世間もすなるというグリーンカーテンをうちでもやってみようかと考えたことでありました。『極小農園日記』が刊行された数か月後、２０１８年の夏のことです。

うちの奥さんがいつになく積極的なのは、グリーンカーテンという小じゃれた語感と、大草原の小さな家っぽく美化した想像図を思い描いているからに違いなく、多少は植物を知る僕のほうは一抹の不安を抱《いだ》いておりました。

グリーンカーテンって、ようするに窓いっぱいにつる性などの植物をわさわさ這わせるということで、葉が青々としているうちはいいけれど、枯れてくると絵的にはつらくなる。それ以上に、虫がついてしまったら悲惨だ。うちの奥さんは虫がまったくダメなのだ。朝、彼女が♪ヨーレイヒ～と鼻唄まじりでカーテンを開けたら、緑葉に昨日まではなかった黒い斑《ふ》が入っている。よく見ると、その斑があちこちで蠢いている――おそらく絶叫しますな。

過去の経験から、キュウリにはほとんど虫がつかないことがわかっていた。といって窓辺にきゅうりをぶら下げるのもちょっと（僕は別に構わないのだけれど）。そこで同じウリ科のゴーヤをチョイスすることにした。ゴーヤに関しては予備知識がまったくなかったのだが、野菜をグリーンカーテンにすれば、もう耕地面積がいっぱいいっぱいの極小農園に新しい作物を増やすこともできる。ぐふふ。で、提案したのだ。ゴーヤはどーや、と。

そうしたら、あれがやってきたのデス。

我が農園最大、容量76ℓを誇る巨大プランター二基を庭に面した窓際に惜しげもなく配備し、ゴーヤの苗をそれぞれに一株ずつ、二株を植えた。プランターの四隅には全長二・一メートルの支柱を立て、横材を渡し、園芸用ネットを張ってゴーヤ棚をつくる。

ゴーヤの苗は思っていたより小さく、しかも必須と聞いて摘心（つるを生長させるために茎の先端をカットすること）をしたから、最初の何週間かは、大きなプランターと窓いっぱいにこしらえた棚が、気恥ずかしく思えるほど、小さいままだった。

三週間ほどしてようやく、つるが伸びてきた。支柱に一本ずつからませるために、四本を残す。

ゴーヤの四本のつるは、ある日突然、爆発的な勢いで伸びはじめた。先端が触覚のように伸びる方向を探り、イカかタコの脚のように四方の支柱にからみつく。四肢が自在に伸び縮みする謎の生命体のようだった。

つるが伸びるにしたがって、手のひら形の葉が繁り、黄色い花が咲きはじめた。意外なほど小さな花だ。そこにゴーヤのミニチュアのような実ができてくる。これもちっちゃくて可愛い。沖縄土産のゴーヤーマンのキーホルダーみたいな感じ。

とはいえ、愛らしいのは最初のうちだけだった。ゴーヤの実の生長は速い。キュウリほど急激ではないにしろ、トマトやナスよりは目に見えて、タタタン、タタタンと大きくなっていく。赤ちゃんの小指みたいだったのが、たちまちたくましい円錐形になり、イボ状の突起が目立ってくる。この頃にはつるが棚の上まで届き、それぞれが左右に伸びたり、下方に戻ったり。窓辺が鬱蒼としたジャングルになった。

さて、収穫。

ゴーヤはずしりと重い。濃い緑色で、ごつごつした突起がびっしり生えている様子は植物とは思えない。表皮というより皮膚。手のひらに余るその体軀は、何かの背中を思わせる。爬虫類的な何かだ。そうして見ると、ヤツデに似た葉も、巨大な爬虫類の足形に見えなくはない。

イグアナ？　ワニ？

いや、グロテスクだが、目を逸らせない、この迫力あるゴツゴツ感は、

そう、ゴジラだ。

〝ンギャー――ォォン〟（↑ゴジラの咆哮です。文字にするのは難しい）

実際、ゴーヤは大きい。放っておけば三十センチを超える。ウリ科は葉が盛大に繁るから、往々にして発見が遅れるのはキュウリと一緒で、ジャングルの中を搔き分けていくと、いきなり大物に遭遇したりする。

出たな、怪獣ゴーヤ。

〝ンギャー――ォォン〟

未確認生物《UMA》好きの私には（本文225ページをご参照ください）たまりません。

ただし、キュウリのように取り忘れると際限なく巨大化するわけでもなく、ある程度まで生長すると、体長ではなく、色が変わっていく。

濃緑色がしだいに薄くなり、やがて黄色になるのだ。あたかも放射火炎を吐く前のゴジラが発光するように。シン・ゴジラでいうところの第5形態か。

黄色くなったゴーヤを食べる勇気はなく、でも色がきれいだから摘果せずにほっぽらかしにしていると、ゴーヤの実はある日突然、弾ける。ぱっくりと裂けるのだ。まるでゴジラの体内の原子炉が暴走して自爆するように。

これにはびっくり。しかも裂けた黄色いゴーヤの中は、毒々しい赤色なのだ。血の色にも似た大粒の種が粘液状の果肉にまみれている様子は、まるで次のモンスターを生む卵のように見える。やっぱりゴーヤは未確認生物だ。

というわけで、ゴーヤは、極小農園の新しい主要メンバーになった。

外付けのカーテンの一部とはいえ、もちろん食べる。

ゴーヤチャンプルもいいし、卵なしゴーヤチャンプルもまた良し。時にはかつお節載せゴーヤチャンプルとしても楽しめる。

……そう、問題がひとつ。我が家には、ゴーヤチャンプル以外にゴーヤ料理のレパートリーがないのだ。あとは生でサラダに入れるぐらい。

しかし、これを書くために、ゴーヤのことを調べていて、いいことを知った。「黄色くなったゴーヤはおいしい」のだそうだ。むしろ黄色がゴーヤ本来の完熟した姿で、苦みが消える。あの不気味な赤色の種は、しゃぶると甘いらしい。文庫あとがき、書いてみるもんだ。

今年の夏は、食べてみよう。ゴジラの卵、じゃないや、ゴーヤの種。

植物大怪獣
ゴーヤ
極小農園 製作・配給

本書は２０１８年3月に小社より
刊行されました。

荻原浩（おぎわら・ひろし）
1956年、埼玉県生まれ。97年『オロロ畑でつかまえて』で小説すばる新人賞を受賞しデビュー。2005年『明日の記憶』で山本周五郎賞、14年『二千七百の夏と冬』で山田風太郎賞、16年『海の見える理髪店』で直木賞を受賞。著書に『金魚姫』『ギブ・ミー・ア・チャンス』『ストロベリーライフ』『海馬の尻尾』『人生がそんなにも美しいのなら　荻原浩漫画作品集』など多数。

カバー・本文イラスト／荻原浩
装丁／名久井直子

毎日文庫

極小農園日記《きょくしょうのうえんにっき》

印刷 2021年4月20日
発行 2021年4月30日

著者 荻原浩《おぎわらひろし》
発行人 小島明日奈
発行所 毎日新聞出版
〒102-0074
東京都千代田区九段南1-6-17 千代田会館5階
営業本部 03(6265)6941
図書第一編集部 03(6265)6745

印刷・製本光邦

 ISBN 978-4-620-21034-6